冰心文學

「自我敘事」研究

吳雪鈴 著

序言

　　誕生於晚清，成長於現代的冰心，其與世紀同齡的人生中，不只歷經許多家憂國難，創作旅程更處處交織著生命流轉的軌跡，與眾聲喧嘩的時代脈動。身為文學巨擘的冰心，從五四驚雷震上文壇的那一刻開始，於文學沃壤上勤懇耕耘跨越七十多個年頭，在文學史上擁有一席之地。她的文字清麗，筆調優美，閱讀起來令人如沐春風，並形成個人旗幟鮮明的愛的哲學。尤其她的作品更是相當程度映照出當時當代的歷史語境與價值視框，極具強烈的自我敘事色彩。

　　由於本研究主要是討論冰心如何分析及敘述自己的人生。因此以敘事治療作為研究方法的主軸，並參採阿德勒心理學的觀點，以及意義治療法的理路，探究冰心成長中所受到的啟蒙與影響。進一步梳理當冰心面對小我的挫折時，如何以同理心看待挫折，以及書寫不平之鳴。而當面對大我的失落時，如何分析遭遇的艱難問題，以嶄新的視野迎向未來。又再者當面對家國困頓崩壞的情況下，冰心如何冷靜沉著應對，並藉由自我敘事的書寫，如何使自我保有一如以往的信心與勇氣，進而展現對周遭人們以及對國家社會的關懷。

　　透過冰心自我敘事的研究，可以看見冰心聲援弱勢，展現兒童少年及婦女保護意識。同時深刻解析愛的內涵就是高度同理心的傾

聽理解，與生而為人的公平對待，進而努力追求幸福共好的生命境界。

　　研究寫作期間，為增進研究的學術量能，曾專程拜訪冰心文學館，透過與館方代表的對話交流，得以了解冰心研究的學術態樣及推展情形。感謝冰心文學館提供館刊供研究之用。感謝所有師長們的指導，得以順利取得博士學位。在世界歷經疫情變化，重新起飛之際，將學位論文出版成書，期待有更多的研究者及愛好者共襄盛舉，踏入冰心文學的場域，開展跨領域多元研究的新亮點。

┃ 目次 ┃

序言   003

第一章　緒論   007
　　第一節　研究動機與目的   008
　　第二節　文獻回顧與探討   020
　　第三節　研究範圍與方法   030
　　第四節　章節結構   038

第二章　愛的文學沃壤   041
　　第一節　平民意識的自我敘説   041
　　第二節　保疆衛土的愛國敘事   050
　　第三節　奔放自在的生命言説   058

第三章　小我的挫折   079
　　第一節　受迫女性的訴説   079
　　第二節　貧窮生命的敘事   087
　　第三節　知識貶值的言説   095

第四章　大我的失落   103
　　第一節　五四的巡禮   103
　　第二節　零餘者的敘事   114
　　第三節　大後方的敘説   125

第五章　家國的崩壞　　　　　　　　　　　　　131
　　第一節　苦悶的1957年　　　　　　　　　　132
　　第二節　浮誇風的敘事　　　　　　　　　　139
　　第三節　動亂中的玫瑰　　　　　　　　　　148

第六章　結論　　　　　　　　　　　　　　　　167

引用書目　　　　　　　　　　　　　　　　　　175

第一章　緒論

　　冰心（1900-1999）原名謝婉瑩，自稱為「世紀同齡人」[1]，在長達七十多年的創作生涯中，冰心無論是小說、散文、新詩或者是翻譯及兒童文學等體裁表現上，都成績斐然。歷來推崇冰心文學作品的人很多，比方蘇雪林盛讚：「冰心的作品卻是一方光榮的紀念碑，巍巍然永遠立在人們的記憶裏」[2]，梁實秋讚譽：「冰心是小說方面的天才作家」[3]，以及沈從文推崇冰心作品裡可見：「人間柔和的笑影」[4]等等。

　　冰心不僅是個傑出的女作家，更是「中國家喻戶曉的名字」[5]。她最早發表的第一篇文章是〈二十一日聽審的感想〉[6]，1919年8月25日以女學生謝婉瑩名義，刊登在北京《晨報》第7版。當時冰心擔任女學界聯合會文書職務，前往法庭旁聽愛國學生受審判，為聲

---

[1]　冰心，〈國慶三十五周年感言創作經過〉，《冰心全集》第六冊（福州：海峽文藝出版社，2012年），頁263。

[2]　蘇雪林，《中國二三十年代作家》（臺北：純文學出版社，1983年），頁350。

[3]　梁實秋，〈繁星與春水〉（選自《創造週報》半年匯刊第1集第12號），范伯群編，《冰心研究資料》（北京：北京出版社，1984年），頁370。

[4]　沈從文，〈由冰心到廢名〉（選自《沫沫集》），林德冠、章武、王炳根主編《冰心論集（上）》（福州：海峽文藝出版社，2000年），頁61。

[5]　王炳根，《愛是一切——冰心傳》（北京：作家出版社，2016年），頁484。因應多面向瞭解冰心，研究期間曾專程拜訪冰心研究專家。

[6]　冰心，〈二十一日聽審的感想〉，《冰心全集》第一冊，頁3-4。

援愛國學生而寫的文章，帶有紀錄寫實形式，以及濃厚愛國思想。冰心說，是「五四驚雷」[7]促使她邁向寫作之路，「五四運動」[8]的愛國思潮將她「捲出狹小的家庭和教會學校的門檻」[9]。五四運動成就冰心的文學路，而且使冰心在文壇發光發熱，從此在文學史上佔有光芒璀璨的一席之地。

第一節　研究動機與目的

　　本研究將從冰心身為暢銷的知名作家、璀璨的文學成就以及深植人心的文學典範等三大特點為基礎，論述研究動機，探討冰心如何透過自我敘事，達到自我療癒的書寫用意。

一、研究動機

（一）暢銷的知名作家

　　成為暢銷的知名作家，對冰心而言不僅獲得極大社會影響力，並且創造一位勇敢睿智的書寫者形象。從1923年在美國留學開始，到1926年結束留學生涯為止，冰心利用三年前後的時間，陸陸續續寫成29封以小朋友為通訊對象的書信體文章，這就是後來膾炙人口

---

[7]　冰心，〈從五四到四五〉，《冰心全集》第五冊，頁480。

[8]　歐陽哲生認為：「五四」運動是北京大學的學生，在1919年5月4日當天，帶領北京其他高校的學生聚集天安門廣場，開始了一場震驚中外、被後人稱為「五四」愛國運動的偉大事件。歐陽哲生，《五四運動的歷史詮釋》（北京：北京大學出版社，2012年），頁278。

[9]　同註7，頁475。

的初寄版的《寄小讀者》，也因為《寄小讀者》的暢銷，奠定她成
為知名兒童文學作家的基石。

　　冰心書寫過許多由小孩子擔綱主角，以兒童視野看待世界的
文章。比如〈國旗〉、〈寂寞〉、〈好媽媽〉、〈陶奇的暑期日
記〉、〈小橘燈〉、以及一系列的《再寄小讀者》、《三寄小讀
者》等等。因此就有許多的研究者將冰心的作品視為兒童文學的範
疇。比方范伯群及曾華鵬就認為：「冰心是五四以來第一個有影響
力的兒童文學作家」[10]。但是冰心在高齡81歲接受訪問時，以謙虛
又誠懇地語氣自述說：「人家都稱我為兒童文學作家，其實我沒有
寫過什麼兒童文學作品。所謂兒童文學，某些辭典的解釋，是指
童話、寓言、兒童劇等等。而這些，我一樣都沒有寫過，我只是
寫了二十幾封《寄小讀者》」[11]。對於何謂兒童文學，林良的看法
是：「用兒童聽得懂、看得懂的淺顯語言從事文學創作，是淺語的
藝術」[12]。林煥彰則以自己為例說：「我愛兒童，愛文學，這兩個
『愛』加在一起，我就是愛為兒童文學寫作的人」[13]。這個貼切的

---

[10] 范伯群、曾華鵬，〈論冰心的創作〉（原載《文學評論》1964年第1期），范
　　伯群編，《冰心研究資料》，頁277。

[11] 鄭榮來，〈冰心與花〉（原載《柳泉》1982年第3期）。林德冠、章武、王炳
　　根主編《冰心玫瑰》（福州：海峽文藝出版社，2000年），頁21。

[12] 關於兒童文學，林良認為：「兒童文學作家最令人羨慕的一點，是他有更廣
　　大的文學世界。如果訪問兒童文學作家，往往會有料想不到的有趣可愛的答
　　案，如正在寫一條小拖船或是正在寫五百頂帽子。而命運對我的更有意味的
　　安排，就是每次用一根白髮交換我一根黑髮的時候，好像同時也交給我一個
　　神聖的工作，那就是：對可愛的「兒童文學」的可愛的闡釋。這也就是，把
　　那些可愛的孩子、可愛的語言、可愛的故事、可愛的笑容和笑聲，塑成一個
　　定義」。林良，《淺語的藝術》（臺北：國語日報社，2011年），頁6-7。

[13] 林煥彰，《童心‧夢想——兒童文學的想法》（臺北：秀威資訊科技公司，

觀點很吻合冰心作為兒童文學家的特徵。又由於冰心的《寄小讀者》，就是以淺顯直白的話語透過通信與小朋友們對話，是專門寫給可愛的兒童們看的可愛的文學作品，更由於刊登在《晨報副刊》的「兒童世界」專欄，因此冰心是兒童文學作家的記憶，在研究者心底有著牢不可破的深刻印象。

北新書局1926年5月就曾經以《寄小讀者》為名發行過單行本，收錄內容為冰心1923年7月至1926年4月在美國威爾斯利就讀研究所三年期間，寫給親愛的小朋友的27篇通訊以及1924年8月在美國就學因吐血舊疾復發，住在青山沙壤療養院養病時所寫，遙寄給小朋友的〈山中雜記〉。關於《寄小讀者》的熱銷現象，卓如曾敘述說：「僅15年間，就重印了36版，產生了廣泛而深遠的影響」[14]。可見《寄小讀者》的備受歡迎及其暢銷程度都令人大開眼界十分驚豔。

阿英更進一步說明《寄小讀者》深遠的影響，在《謝冰心小品》序中就提到：

> 《寄小讀者》全書，在青年的讀者之中，是曾經有過極大的魔力。……青年的讀者，有不受魯迅影響的，可是，不受冰心文字影響的，那是很少。[15]

2014年），頁3。
[14] 卓如編，《青少年冰心讀本·序》（臺北：業強出版社，1991年），頁12。
[15] 阿英，〈《謝冰心小品》序〉（原載《現代十六家小品》1935年光明書局出版）。林德冠、章武、王炳根主編《冰心論集（上）》，頁415。

　　《寄小讀者》單行本的發行，大幅提高冰心的知名度並且廣為青年讀者知曉，也使冰心當時無論在文壇或在讀者心目中，都成為風靡一時的暢銷作家。因此冰心如何在文學中敘述自己的創作路途？此為研究動機之一。

（二）璀璨的文學成就

　　冰心的文學成就眾所周知，無論是新詩、散文或小說都有獨樹一格的風采。筆名阿英的黃英在《現代中國女作家・謝冰心》中就曾評價冰心說：

> 她──謝婉瑩，毫無問題的，是新文藝運動中的一位最初的，有力的，最典型的女性的詩人、作者。[16]

　　同時阿英對於冰心的新文體書寫形式及流行，也提出看法，阿英認為：

> 在中國文壇上引起非常的共鳴，造成了所謂「小詩的流行的時代」。就是她的詩似的散文的文字……也引起廣大的青年的共鳴與模仿，而隱隱產生了一種「冰心體」的文字。[17]

---

[16] 阿英，〈謝冰心〉，《現代中國女作家》（上海：北新書局出版社，1931年4月），頁1-2。
[17] 同上，頁40。

　　冰心不僅開風氣之先，創獨特清新亮麗的白話文學體裁「冰心體」，還擾動文壇氣漩，迴盪出小詩流行的時代。

　　同樣讚賞冰心詩作的還有蘇雪林。蘇雪林在《中國二三十年代作家，冰心女士的小詩》中就談到：

> 五四運動發生的兩年裡，新文學的園地裏，還是一片荒蕪，但不久便有很好的收穫。第一是魯迅的小說集「吶喊」，第二是冰心女士的小詩。周作人說他朋友裏有三個有詩人天分的人，一是俞平伯，二是沈尹默，三是劉半農，這是就他的朋友的範圍而說的。我的意見可不如此。我說中國新詩界，最早有天分的詩人，冰心不能不算一個。[18]

　　從以上蘇雪林對有天分的詩人的意見可以知道，對於在五四時期擁有詩人天份的人選名單中，蘇雪林對周作人的看法持不同見解。蘇雪林認為在中國新詩界，必須得加上冰心這位最早有天分的詩人，才算完整。這是蘇雪林對冰心詩作的最高肯定與讚譽。

　　再者冰心的散文評價也極高。郁達夫在《中國新文學大系導論集‧現代散文導論（下）》中，有著很生動的敘述，郁達夫說：

> 冰心女士散文的清麗，文字的典雅，思想的純潔，在中國好算是獨一無二的作家了：記得雪萊的詠雲雀的詩裡，彷彿曾

---

[18] 蘇雪林，〈冰心女士的小詩〉，《中國二三十年代作家》（臺北：純文學出版社，1983年），頁76。

　　說過雲雀是初生的歡喜的化身，是光天化日之下的星辰，是
　　同月光一樣來把歌聲散溢於宇宙之中的使者，是虹霓的彩
　　滴要自愧不如的妙音的雨師，……以詩人讚美雲雀的清詞妙
　　句，一字不易地用在冰心女士的散文批評之上，我想是最適
　　當也沒有的事情。[19]

　　將讚美雲雀的優美詩句，以星辰、使者、霓虹的彩滴與妙音的
雨師形容冰心散文的清麗柔美，彷彿字字句句都化為靈巧活潑的雲
雀，是多麼相得益彰。

　　然而冰心以一句名言自我定位：「生命從八十歲開始」[20]。的
確，晚年的冰心在創作及榮譽上都有閃閃發光的一頁。冰心從八十
歲到九十歲將近十年的時間裡，在生命成熟且相對自由平穩的創作
環境之中，意識到自己創作能達到畢生的高峰，果然小說、散文
屢創佳績。得獎的小說分別有1981年全國優秀短篇小說獎的〈空
巢〉，以及1987-1988年獲得南車杯百花獎的〈遠來的和尚〉與
〈落價〉。而冰心自覺的以自身周遭熟悉的男性親友師長們，作為
書寫藍本的散文〈關於男人〉，還分別獲得1987年《散文選刊》首
屆優秀散文榮譽獎，與1992年《中國作家》雜誌社優秀散文特別獎

---

[19] 郁達夫，〈現代散文導論（下）〉，蔡元培等著，《中國新文學大系導論
　　集》（上海：良友圖書公司，1945年），頁218-219。
[20] 冰心1980年得腦血栓後，又摔傷右胯骨，她努力復健，因此行動寫字都很困
　　難，寫幾百個字都要花上半小時。她期許自己在1981年完全康復之後，再好
　　好練習寫字、練習走路，再努力給小朋友們寫些東西。所以冰心說生命從八
　　十歲開始，努力和小朋友們一同前進。此篇後來作為《三寄小讀者》序。冰
　　心，〈生命從八十歲開始〉，《冰心全集》第五冊，頁360。

的佳績。此外單篇散文〈施者比受者更為有福〉也榮獲花城1988-
1989年度佳作獎。晚年的冰心，在作品的輝煌度上又自我開創了寫
作的高峰與光彩。因此冰心如何面對自己的文學成就？此為研究動
機之二。

（三）深植人心的文學典範

　　八十歲後的晚年冰心在文學領域得獎之外，官方為肯定冰心的
文學成就與對文學的貢獻，在冰心的故鄉福州分別成立冰心研究會
與冰心文學館。首先是成立冰心研究會，成立日期是1992年12月24
日。當天無法親臨與會的巴金、蕭乾分別致送賀電或賀信，慶祝大
會成立。巴金的賀電稱讚說：「冰心大姐是五四新文學運動的最後
一位元老，她是中國知識界的良知。我敬重她的人品並以她為榜
樣」。蕭乾的賀信則讚美說：「老年的冰心更勇敢、更輝煌，她那
一支書寫人間之愛的筆，就揮向邪惡勢力及腐敗的風氣，真是光芒
萬丈」。而親自出席到場祝賀的舒乙則是高度盛譽冰心：「她最正
直、最無私、最透明、最遠見，也最坦誠。她為我們這個社會，樹
立了一個摸得著、看得見、實實在在的道德典範」[21]。這些讚美之

---

[21] 冰心研究會成立當天張鍥、舒乙、吳泰昌、周明、吳青、陳恕、陳鋼等從北
　　京前來參加大會。中國作協送來賀電讚譽冰心說：「文筆清麗、意蘊雋永，
　　顯示女作家特有的思想情感和審美意識，具有獨特藝術風格和很高的藝術
　　表現力」。當天盛況空前，福建省文聯許懷中、張賢華以及福建省委潘心
　　誠等百餘人參加會議。由巴金任會長，王蒙、許懷中、蕭乾、張潔、張鍥、
　　余元桂、郭風、張賢華、卓如等15人任副會長，葉飛、葉至善、何少川、陽
　　翰陞、趙樸初、夏衍、胡絜青、韓素音（英國）、海倫・福斯特，斯諾（美
　　國）、雷潔瓊、楚圖南為顧問。王炳根為秘書長。陳恕是冰心二女兒吳青的
　　夫婿，曾任北京外國語大學教授。陳恕，《冰心全傳》（北京：中國青年出

詞是對冰心的人品到文品的最佳註解。

　　對於「冰心研究會」的成立，冰心以一貫秉持的慎重態度，特別要求一件事，就是：「不要把我放大」[22]。為此還特地寫了〈上冰心研究會同人書〉，交代專程從北京南下至福州的二女兒吳青，在成立大會上代為宣讀。冰心在信中提及，她心目中「理想的研究態度」是：

> 研究是一個科學的名詞，科學的態度是：嚴肅的，客觀的，細緻的，深入的，容不得半點私情。研究者像一位握著尖銳的手術刀的生物學家，對於他手底下待剖的生物，冷靜沉著地將健全的部分和殘廢的部分，分割了出來，放在解剖桌上，對學生詳細解釋，讓他們好好學習。我將以解剖者的身分，靜待解剖的結果來改正自己。[23]

　　由此可以看出冰心對自我的期許，她認為不應該吹捧放大她的作品，而是要正反意見都有，客觀持平來探討，才能發揮效能不辜負研究的意涵。

　　冰心文章的遣詞用字及豐厚的思想底蘊，向來以充滿個人鮮明色彩的獨特說真話的藝術形式呈現。因此巴金以「中國知識界的良心」的尊貴稱號，獻給冰心這位五四運動的最後一位元老，表達對

版社，2011年），頁438-440。
[22]　周明，〈不要把我放大──記冰心〉，《紫光閣》，（1997年第5期），頁34。
[23]　冰心，〈上冰心研究會同人書〉，《冰心全集》第七冊，頁411。

冰心身為知識份子的最崇高無上的敬意。而蕭乾看見冰心晚年不僅辣味十足,且深具勇氣寫的批判性文章大力激賞,十分認同老年冰心揮筆描寫邪惡,及暴露腐敗的書寫勇氣。舒乙更是對冰心形塑的正直遠見、無私透明的高度道德標準且樹立典範讚嘆不已。這些讚美之詞是92歲的冰心經過漫漫長路的考驗,終身秉持堅定愛的信念,以自我敘事描繪對人民與國家社會的無盡關懷,將愛以文學書寫的形式呈現,發揮無遠弗屆廣為流傳的影響力證明。

其次,官方更在1997年成立「冰心文學館」[24]。落成開館日特別選定8月25日。因為「這一天」正是冰心從五四走向文壇,邁向作家之路的時刻。「這一天」,冰心發表在《晨報》副刊上的第一篇文章,就是描寫有關五四運動的〈二十一日聽審記〉。「這一天」標示著冰心在文學路上堅持到底,一路走來對文壇的巨大影響與貢獻,具有十分深刻的紀念性。而且「這一天」冰心以感謝的語氣,提及文學館落成對自己的意義,冰心敘述說:「它表達了同志們對我文學創作的肯定和表彰,也是對文學創作,對社會進步和發展所起作用的肯定,對此請接受我對大家由衷的感謝」[25]。「這一天」因年邁無法出席開館盛典的冰心,請小女兒吳青與女婿陳恕代

---

[24] 據林冠德所述:冰心文學館從1995年10月21日在長樂市奠基,1996年1月由著名建築大師齊康緣教授完成建築設計,當年7月正式動工,1997年5月完成主體建築,整個建築共占地10畝,總面積4414平方米,建設投資780萬元,內設有展覽廳(冰心生平與創作展)、珍藏室(珍藏手稿、版本與實物)、多功能廳(可放映冰心生平事蹟影視錄影、舉行學術講座與會議)、陳列室和共4層的研究中心。全國政協副主席趙樸初題寫館名。1997年8月25日,冰心先生處女作發表78周年紀念日時開館。林德冠,〈冰心文學館建設手記〉,《愛心》,(2018年春季號),頁19。感謝冰心文學館提供愛心雜誌供研究參考用。

[25] 冰心,〈冰心文學館落成賀詞〉,《冰心全集》第七冊,頁451。

為宣讀賀詞。

　　同時冰心也談到，文學館與作家之間的關聯，與承載的使命。冰心敘述說：「在文學創作的海洋裡，我僅是匯入文學海洋的一股涓涓細流，還有不少像我這樣的作家，如巴金等都為祖國的文學事業作出了傑出的貢獻，在福建就有不少享譽全國的作家如鄭振鐸等。特別是那些出類拔萃的中青年作家，他們是我國文學的中堅和未來，所以這所文學館是文學欣欣向榮的標誌，它也將成為祖國新文學繼往開來一座新的里程碑」[26]。這是97歲的冰心，藉由賀詞表達對巴金、鄭振鐸等作家的表揚之外，更不吝呼籲提攜後輩作家的心意，同時更是期許文學館能承先啟後，開展未來。

　　在冰心文學館當天的揭幕開館儀式上，舒乙致詞時提到「三個第一」：

> 它是第一個為依然健在的一位大作家建立的文學館，……它不是在舊居或故居的基礎上建立的，而是專門擇地特別建築的文學館。它是頭一個純粹為作家建立的專業館，館主不是兼有思想家、革命家的身分，也不是共產黨員，而純粹以自己的文學成就贏得人們尊敬和愛戴的。它是第一個以個人命名的文學館……，為中國文壇上的一件大事。[27]

---

[26] 同上。
[27] 王炳根編著，《冰心年譜長編（下卷）》（上海：上海交通大學出版社，2019年），頁1183-1184。

　　冰心文學館創下第一個以作家個人名義命名，在既不考慮作家有無思想家或是革命家的頭銜，又不考慮作家是否有黨籍身分的情況下，積極在作家生前就特地專門擇地興建完成的專業文學場館。冰心獲此禮遇顯現官方對冰心長期持續累積的文壇貢獻與聲望，以及冰心終身致力推動愛的努力的高度肯定，更是身為作家的莫大榮耀。因此冰心怎樣對待此等榮耀？此為研究動機之三。

二、研究目的

　　眾多的研究者認為，冰心因為擅長描寫母愛、天真的兒童與花草大海等自然景觀，因此就定調冰心作品當中，是以母愛、童心與自然為愛的書寫光譜。比方王德威談到：「冰心是五四女作家歌頌母親的王牌」[28]、阿英提出：「冰心愛的哲學」[29]理念。還有范伯群、曾華鵬認為：「母愛、兒童和自然就是冰心愛的哲學的三大部分」[30]等等。這些看法都是對冰心愛的書寫的肯定，尤其是對母親愛、兒童愛與自然愛的推崇。

　　冰心作品中所標舉的「愛的哲學」，指的不是學術意義上的哲學。這裡的「愛的哲學」指的是因為冰心將「愛」這個因人而異的感受字，以具體愛母親、愛兒童、愛自然的方式在文學作品中實際

---

[28] 王德威，《小說中國——晚清到當代的中文小說》（臺北：麥田出版公司，1993年），頁320。

[29] 阿英，〈謝冰心（節錄）〉（選自《現代中國女作家》1931年4月北新書局出版），《冰心論集（上）》，頁16。

[30] 范伯群、曾華鵬，〈論冰心的創作〉（原載《文學評論》1964年第1期），《冰心研究資料》，頁273。

呈現，並融會在冰心的文字裡。是冰心文學書寫的中軸線，更是冰心以愛串起支持同理平凡百姓，與深切關懷國族社會的信念表達。

　　曾經身為小讀者的巴金就說過：「我們知道了愛星，愛海，而且我們從那親切而美麗的語句裡重溫了我們永久失去了的母愛」[31]。冰心的愛母親、愛星星、愛大海不僅是巴金，連曾是小讀者的卓如也深切的感受到了。卓如說：「開啟少年心扉的第一本書是冰心的《寄小讀者》，幻想出許多美好的遐想」。[32]這是冰心愛的文字的溫暖魔力。

　　蕭乾更說：「讀過《寄小讀者》的人，都知道冰心大姐的哲學，中心是一個「愛」字。只有真地愛了，才能痛恨。冰心大姐深深地愛咱們這個國家，這個古老民族，這個黨，所以對生活中一切不合理的現象才那麼痛恨。」[33]這因愛而來的痛恨，也反映在冰心晚年說真話，書寫重視知識分子的呼籲、以及寫真話要求提升教師待遇，及對國家未來的期待上。

　　對冰心作品最早提出愛的哲學的看法是阿英。她認為：「自然界的陶醉、母愛的浸潤、宇宙的愛加上泰戈爾哲學的精神，使冰心肩起了她愛的哲學的旗幟」。[34]而范伯群和曾華鵬對冰心愛的哲學的看法則是：「母親愛、兒童愛、自然愛是冰心愛的哲學之鼎的三

---

[31] 巴金，〈《冰心著作集》後記〉（原載《冰心著作集》），開明書店1943年版），《冰心論集（上）》，頁62-63。

[32] 卓如，《燦若繁星：冰心傳》（臺北：業強出版社，1991年），頁333。

[33] 蕭乾，〈能愛才能恨──為《冰心文學創作生涯七十年展覽》而作〉，蕭乾、文潔若合著《冰心與蕭乾》（上海：上海三聯書店，2010年11月），頁31。

[34] 同註29，頁13。

只腳。按照她自己的設計，她的愛的哲學是樂觀的、進取的、充實的」。[35]由此可見冰心是在愛母親、愛兒童、愛自然的範疇裡，堆積起愛的王國，以她清新自在、暖如日麗微風的語調中，輕輕流瀉出觸動人心充滿愛的書寫的文字篇章。

但是從巴金到卓如到蕭乾對冰心愛的感受與理解來看，隨著時代的推移，冰心愛的書寫早已超越阿英、以及范伯群、曾華鵬等人認為的母愛、童心與自然的範疇。不只有愛，還有來自於因愛延伸而出的恨鐵不成鋼的愛。因此我們認為，在探究冰心終身信奉的愛的理念時，除了在描寫母愛、自然與童心的正向愛的書寫之外，如何看待冰心自身與其所愛的人事物，當面臨小我的家憂挫折，到大我的國難失落，甚至是家國崩壞的情形之下，冰心如何藉由自我敘事的文本，揮灑文字書寫人們的困境，以敘說她對尋常百姓，與家國社會這些人事物的同理情懷。換言之，本論文的研究目的試圖達到以下幾方面：

1. 探究冰心如何透過自我敘事達到自我療癒的目的？
2. 探尋冰心如何看待小我的家族危難挫折，並抒發不平之鳴？
3. 探究冰心如何面對大我的失落與家國崩壞展現同理情懷？

第二節　文獻回顧與探討

本研究係以冰心研究的專書、期刊論文與學位論文，作為文獻探討的研究資料。

---

[35] 范伯群、曾華鵬，〈論冰心的創作〉，《冰心論集（上）》，頁79。

一、專書

　　冰心世紀人生讓她的生命歷程變化多樣，一方面不僅見證家國時代的風雲變化，還因為生活在朝代與政權數度交替變換的環境裡，對生命咀嚼體會過的酸甜苦辣自不在話下。所以研究者的專書大多以冰心個人傳記或個人事蹟為主，少部分則側重冰心的作品評論，或是選讀文章講解。

　　傳記類的冰心專書包含王炳根的《冰心新傳》[36]（永遠的愛心繁體版）、《冰心年譜長編》[37]、卓如的《燦若繁星——冰心傳》[38]以及范伯群與范紫江合著的《灑向人間皆是愛：冰心》[39]；陳恕的《冰心全傳》[40]；齊芳的《冰心傳：以愛之名，人間有味》[41]；邱偉壇《燈塔守望者——少年冰心》[42]。其中巴金曾應卓如邀請為《燦若繁星——冰心傳》寫序言，序文中巴金說他是因為喜歡冰心，跟著她愛星星、愛大海，他這個孤寂的孩子在冰心的作品裡找到溫暖，找到失去的母愛。這是多麼深情的肺腑之言。而范

---

[36] 王炳根，《冰心新傳》（台北縣：新潮社文化事業公司，1996年）。

[37] 王炳根，《冰心年譜長編（上下卷）》（上海：上海交通大學出版社，2019年）。

[38] 卓如，《燦若繁星：冰心傳》（臺北：業強出版社，1991年）

[39] 范伯群、范紫江，《灑向人間皆是愛：冰心》（臺北：文史哲出版社，2001年）。

[40] 陳恕，《冰心全傳》（北京：中國青年出版社，2011年）。

[41] 齊芳，《冰心傳：以愛之名，人間有味》（武漢：華中科技大學出版社，2019年）。

[42] 邱偉壇，《燈塔守望者——少年冰心》（廈門：鷺江出版社，2019年）。感謝冰心文學館邱偉壇先生給予學術協助。

伯群在《灑向人間皆是愛：冰心》裡寫道：「冰心在文革後，梳理了她大半生的經歷並有更新的感悟，所以才會有那種母親的憤懣，才那麼堅定不移地說真話」[43]。這是全面肯定冰心愛的書寫，肯定冰心說真話的勇氣。

其中特別的是冰心的二女婿，陳恕所作的《冰心全傳》。因為是以家人身分為觀點而寫的傳記，書中不僅有許多珍貴的史料照片，更因陳恕、吳青與冰心等家人都在場，對紅衛兵以破四舊為由上門抄家的情形記憶深刻，並且寫出令人歷歷在目的真實感受。

此外王炳根的《世紀情緣·冰心與吳文藻》[44]、《玫瑰的盛開與凋謝——冰心與吳文藻（一九〇〇〜一九五一）》[45]、《玫瑰的盛開與凋謝——冰心與吳文藻（一九五一〜一九九九）》、[46]《玫瑰的盛開與凋謝：冰心吳文藻合傳》（簡體版）[47]這幾本傳記都將冰心的丈夫吳文藻博士納為冰心傳記的主角一起書寫。書中都有獨立篇章談到吳文藻對開創中國社會學的優異貢獻。

至於著眼在個人事蹟類的冰心專書，則有王炳根的《冰心：非文本解讀》[48]、《冰心：非文本解讀》（續）[49]、《聆聽大家·永

[43] 范伯群、范紫江，《灑向人間皆是愛：冰心》（臺北：文史哲出版社，2001年）。

[44] 王炳根，《世紀情緣·冰心與吳文藻》（合肥：安徽人民出版社，2000年）。

[45] 王炳根，《玫瑰的盛開與凋謝——冰心與吳文藻（一九〇〇〜一九五一）》〔精裝本〕（臺北：秀威資訊科技公司，2015年）。

[46] 王炳根，《玫瑰的盛開與凋謝——冰心與吳文藻（一九五一〜一九九九）》〔精裝本〕（臺北：秀威資訊科技公司，2015年）。

[47] 王炳根，《玫瑰的盛開與凋謝：冰心吳文藻合傳（上下編）》（福州：福建教育出版社，2017年）。

[48] 王炳根，《冰心·非文本解讀》（福州：海峽文藝出版社，2003年）。

[49] 王炳根，《冰心·非文本解讀（續）》（北京：中國文聯出版社，2006年）。

遠的冰心》[50]、《王炳根說冰心》[51]。周明鵑的《冰心與讀書》[52]、陳國勇編的《冰心與長樂》[53]、吳泰昌《我知道的冰心》[54]、蕭乾、文潔若合著的《冰心與蕭乾》[55]等書。其中《王炳根說冰心》書中就寫到，對於冰心文學館未來發展王炳根曾請教舒乙何者方向較佳時，舒乙認為冰心文學館成立之後以辦活動為優先首選，待冰心百年之後再多辦研討會，以避免歌功頌德的尷尬場面出現，因此文學館開辦初期就以多辦活動為主，直到冰心走完百歲人生之後才開始積極辦理研討會。[56]在陳國勇《冰心與長樂》這本書中，則談到冰心對故鄉的情感與捐款，並收錄冰心寫的有關故鄉的祖譜序、縣志序等數篇文章。

　　而吳泰昌《我知道的冰心》則談到書中作者與冰心同在文革時期，於五七幹校下放勞改時初識冰心的情景。書中還提到冰心說如果能有臺灣之行，「在臺灣的兩位老友，非去看望不可，一是孫立人，二是梁實秋」[57]。足見冰心與兩位台灣好友的深摯情誼。而蕭乾、文潔若夫婦合著的《冰心與蕭乾》書裡上篇，則談到冰心大姊與餅乾弟弟倆人數十年的友誼，並收錄蕭乾致冰心的41封書信。

　　另外還有以冰心文本內容為主，涉及評論的專書。比如卓如的

[50] 王炳根、傅光明編，《聆聽大家‧永遠的冰心》（合肥：安徽文藝出版社，2010年）。
[51] 王炳根，《王炳根說冰心》（福州：海峽文藝出版社，2011年）。
[52] 周明鵑，《冰心與讀書》（臺北：婦女與生活社，2001年）。
[53] 陳國勇編，《冰心與長樂》（福州：海峽文藝出版社，2004年）。
[54] 吳泰昌，《我知道的冰心》（北京：生活‧讀書‧新知三聯書店，2010年）。
[55] 蕭乾、文潔若，《冰心與蕭乾》（上海：上海三聯書店，2010年）。
[56] 同註51，頁133-134。
[57] 同註54，頁129。

《冰心》[58]；范伯群編的《冰心研究資料》[59]；范伯群與曾華鵬合著的《冰心評傳》[60]；萬平近、汪文頂合著的《冰心評傳》[61]。以及熊飛宇的《重慶時期冰心的創作與活動研究》[62]。這本《重慶時期冰心的創作與活動研究》，著重在冰心於重慶當時的生活創作，與散失佚文作補充說明。至於卓如的《一片冰心》[63]則是收錄冰心的同事同學和同輩作家，與冰心實際往來親身互動所寫的文章，可以展現冰心平易近人的另一面。而同為卓如所編的《青少年冰心讀本》[64]，則分別選錄適合青少年閱讀的小說、散文與新詩數篇，在每篇作品之後都有導讀，適時培養讀者的賞析能力。

二、論文集

冰心研究的期刊論文堪稱熱烈。涉及議題大部分脫離不了母愛、童心童真、愛自然、審美藝術、宗教語言等片面零碎的短篇論述。自冰心文學館成立以來為擴大研究層面，從1999年開始迄今已經辦理過數屆的冰心文學國際學術研討會，不只如此還陸續出版相關的論文集。

---

[58] 卓如編，《冰心》（臺北：書林出版公司，1992年）。
[59] 范伯群編，《冰心研究資料》（北京：北京出版社，1984年）。
[60] 范伯群、曾華鵬，《冰心評傳》（北京：人民文學出版社，1983年）。
[61] 萬平近、汪文頂，《冰心評傳》（重慶：重慶出版社，2000年）。
[62] 熊飛宇編，《重慶時期冰心的創作與活動研究》（桂林：廣西師範大學出版社，2015年）。
[63] 卓如編，《一片冰心》（北京：人民文學出版社，2002年）。
[64] 卓如編，《青少年冰心讀本》（臺北：業強出版社，1991年）。

其中2000年出版的《冰心玫瑰》[65]是選編文革結束後四人幫垮台之後，刊登在報章雜誌上訪問冰心或親友的文章。例如其中冰心的女兒吳青就談到冰心95歲生日時，曾接受海軍司令部和煙臺海軍航空工程學院的專訪。吳青提到媽媽始終無法寫完甲午戰爭這部作品的原因，吳青心疼地敘述說：「那年是甲午海戰一百周年，她為此題了「不要忘記甲午海戰！」……，媽媽一直要寫一篇紀念甲午海戰的文章，但每次動筆，都因為回想起為國捐軀的英勇的海軍將領，使她激動不已、淚流滿面，寫不下去」。[66]由此可見對冰心而言，年少時父親告訴過她曾親身歷經過甲午海戰失敗的悲壯痛苦經驗，終其一生都迴盪在冰心的腦海裡，深刻而未曾抹去。更由於甲午戰敗壯烈犧牲的將士們的壯舉，讓冰心感同身受有撕心裂肺痛徹心扉的深刻體悟。

而同樣是2000年出版的《冰心論集（上下冊）》[67]的上冊則是蒐羅1919年到1998年評論冰心的主要文章。對冰心的評論呈現反差很大的看法。比如其中就有對冰心不以為然的評論，好比陳西瀅的「一望而知是個沒有出過學校門的聰明女子的作品，人物和和情節都離實際太遠了」[68]。毅真的「閨秀派的作家──冰心女士」[69]。

---

[65] 林德冠、章武、王炳根編，《冰心玫瑰》（福州：海峽文藝出版社，2000年）。

[66] 陳恕、吳青，〈媽媽冰心喜度九十五華誕〉（原載《愛心》第2卷第7、8期），林德冠、章武、王炳根編《冰心玫瑰》，頁267-268。

[67] 林德冠、章武、王炳根編，《冰心論集（上）》（福州：海峽文藝出版社，2000年）。

[68] 陳西瀅，〈冰心女士〉，林德冠、章武、王炳根編，《冰心論集（上）》，頁4。

[69] 毅真，〈閨秀派的作家──冰心女士〉（選自《婦女雜誌》，第16卷第7號，《幾位當代中國女小說家》），林德冠、章武、王炳根編，《冰心論集（上）》，頁302。

當然也有贊同冰心的，例如楊義提及：「冰心是我國現代小說的積極開拓者，……把她稱為閨秀派作家乃是一種不顧藝術發展實際情形的時代性錯誤」[70]。另外還有矛盾評價：「只有冰心女士最最屬於她自己」[71]。而李希同在《冰心論》中也有相類似的評論，李希同認為：「冰心只是冰心，不是任何其他人。她的作品裡……，基調是愛；形成了冰心特有的作風，使她成為現代中國女作家的第一人」。[72]而沈從文則表示：「冰心女士的作品，以一種奇蹟的模樣出現，生著翅膀，飛到各個青年男女的心上去……冰心女士的名字，也成為無人不知的名字了」[73]。顯見冰心以其獨特專屬的自我寫作風格，讓她贏得廣大青年男女讀者的心。

而前述過同為2000年出版的《冰心論集（上下冊）》的下冊主要收錄1999年9月於冰心文學館召開的，第一屆冰心文學國際學術研討會的文章。內容側重討論冰心深具魅力的人格特質，與光芒萬丈的文學成就。2004年出版的《冰心論集（三）》[74]則是收錄第二屆冰心文學國際學術研討會的論文。內容涵蓋冰心的性別意識，及冰心書信集的編輯，與冰心在戰後與日本女作家三島澄江的交往等

---

[70] 楊義，〈《中國現代小說史》有關冰心的論述〉（摘自《文學評論》，1996年第4期），林德冠、章武、王炳根編《冰心論集（上）》，頁313。

[71] 矛盾，〈冰心論〉（選自《文學》，1934年8月第3卷第2號），林德冠、章武、王炳根編，《冰心論集（上）》，頁58。

[72] 李希同，〈《冰心論》序〉（原載李希同編《冰心論》，北新書局1932年版），林德冠、章武、王炳根編《冰心論集（上）》，頁41。

[73] 沈從文，〈論冰心的創作〉（選自《文藝月刊》，第2卷第4期《論中國小說創作》），林德冠、章武、王炳根編《冰心論集（上）》，頁6。

[74] 王炳根編，《冰心論集（三）》，（福州：海峽文藝出版社，2004年）。

等。2009年出版的《冰心論集（四・上下冊）》[75]主要為第三屆冰心文學國際學術研討會的論文篇章。內容從新發現的佚文與遺稿、冰心與魯迅、到地域文化與海外研究等都是討論方向。2011年出版的《冰心論集（五）》[76]主要選錄特點是，2009年第三屆冰心文學國際學術研討會之後到2011年間，除資深專家外，許多年輕研究者所發表的論文。內容涉及冰心的思想研究、比較研究、冰心在台灣與海外的研究等。2013年出版的《冰心論集（2012）》[77]則是第四屆冰心文學國際學術研討會的成果。論文內容側重女性文學、女性觀與冰心在抗戰時期所寫的關於女人的探討以及比較研究。而2017年出版的《冰心論集（2016・上下冊）》[78]文章重點在冰心與雲南的關係、冰心日記的解讀、冰心翻譯傳播與社會學等研究。上述綜合冰心研討會發表的單篇論文而成的歷屆論文集，在前人的研究基礎上，分別提供多面向視角給予後續研究者不同的思考方向。

三、學位論文

　　首先經查詢得知，目前台灣尚未出現單獨直接以冰心之名作為研究對象的博士論文[79]，現階段單獨專門以冰心作為論文名稱的學

[75] 王炳根編，《冰心論集（四・上下冊）》，（福州：海峽文藝出版社，2009年）。
[76] 王炳根編，《冰心論集（五）》，（福州：海峽文藝出版社，2011年）。
[77] 王炳根編，《冰心論集（2012）》，（上海：上海交通大學出版社，2013年）。
[78] 劉東方編，《冰心論集（2016・上下冊》（福州：海峽文藝出版社，2017年）。
[79] 依2021年4月7日臺灣博碩士論文系統查詢得知，目前尚無專門單獨以冰心為

位論文，僅有碩士論文。主要的研究議題分散在兒童書寫、散文、小說、宗教與詩歌方面。

（一）以探討冰心兒童文學為研究方向的有

蕭雪婷的〈冰心兒童書寫之研究〉[80]，研究內容是將冰心有關兒童的作品分成描寫兒童的及寫給兒童看的兩類作品，並分析不同時期寫作風格的轉變。潘佳玲的〈冰心《寄小讀者》系列之研究〉[81]主要是探討一系列初寄、再寄、與三寄小讀者在母愛、童心、與教育意涵以及藝術手法方面的表現。

（二）以探討冰心散文為研究方向的有

黃薇靜的〈冰心散文研究〉[82]，是將冰心的散文區分成四個時期，並探討母愛、兒童愛、自然愛，及其冰心體的語言特色。杜弘毅的〈五四時期女作家——蘇雪林與冰心散文主題研究〉[83]，則是將兩位作家散文並立，分析主題思想如童年生活、愛國意識，與譬喻修辭等藝術手法的相同及相異處。而賴惠瑛的〈冰心散文中「愛」的書寫研究〉[84]則是以歌頌母愛、讚美童心、禮讚自然及憐憫眾生，加上藝術技巧為分析主軸。

名的博士論文。
http://ndltd.ncl.edu.tw/cgibin/gs32/gsweb.cgi/ccd=jhLxUx/search#result。
[80] 蕭雪婷，成功大學，中國文學系碩士論文，2012年。
[81] 潘佳玲，高雄師範大學，國文教學碩士論文，2010年。
[82] 黃薇靜，銘傳大學，應用中國文學系碩士論文，2007年。
[83] 杜弘毅，嘉義大學，中國文學系碩士論文，2015年。
[84] 賴惠瑛，嘉義大學，中國文學系碩士論文，2014年。

（三）以探討冰心小說為研究方向的有

范嘉倩的〈冰心、凌叔華小說比較研究〉[85]採用的是將冰心與凌叔華兩位作家並立，以她們小說的內容主題、女性形象及藝術特色作研究比較。何佳燁的〈冰心小說研究〉[86]則是分析冰心的黨國認同、家的溫暖、以及母愛、童心、自然的愛的哲學與藝術特色。

（四）以探討冰心宗教為研究方向的有

林巧茹的〈冰心文學基督教特色之研究〉[87]，也談冰心愛的哲學以及悲天憫人的宗教情懷與心靈的慰藉及寄託，與宗教語境的運用特色。

（五）以探討冰心詩歌為研究方向的有

陳瑞雲的〈冰心小詩研究〉[88]，主要是從歌頌母愛、美麗童年與禮讚自然的角度與藝術特色作為探討的觀點。

綜上所述可見碩士論文採行的方式，都是以小說、散文、詩歌，兒童文學及基督教特色擇一為論述主題，雖然研究的主題具多樣性且文類也不同，但是分析內容仍以母愛童心與自然為主要觀點，不易顯現冰心自我敘事的書寫全貌。

其次經查詢得知，現階段大陸直接以冰心作為論文篇名的博士

---

[85] 范嘉倩，臺北市立教育大學，中國語文學系碩士論文，2007年。
[86] 何佳燁，東海大學，中國文學系碩士論文，2001年。
[87] 林巧茹，中原大學，宗教研究所碩士論文，2003年。
[88] 陳瑞雲，玄奘大學，中國語文學系碩士論文，2013年。

論文僅有一篇[89]，是沈麗瑛的〈冰心、羅蕙錫、宮本百合子文學的女性意識比較研究〉[90]。內容主要內容在論述中、韓、日三國文壇的冰心（1900-1999）、羅蕙錫（1896-1948）、宮本百合子（1899-1951）及三者文學作品中的女性意識。分析出三位女性作家的文本中，各自反映出的女性意識的相同處與相異處。並且從文化脈絡、環境與個人經歷等不同面向，對三者文學作品中因男女性不同而表現的觀點、新女性的自我情懷等方面分析。與冰心自我敘事的關聯性有限。

第三節　研究範圍與方法

一、研究範圍

　　冰心發表的文章內容包羅萬象比方談家庭、談生命、談愛與同情。還談兒童的未來、關心教師與教育、關懷家國前途以及抒發針貶時政等面向。本研究是以冰心自我敘事的書寫為研究方向，凡是冰心的著作文本均納入研究範圍，作為相互參考之用。因為考慮到本研究是以冰心的創作為研究對象，因而冰心翻譯的文學作品不列

---

[89] 依2021年4月7日中國博碩士論文全文數據庫查詢結果得知，以冰心為論文篇名的博士論文只有一篇。查詢網址如下：
http://big5.oversea.cnki.net.libautorpa.fgu.edu.tw:81/Kns55/brief/result.aspx?dbPrefix=CDFD。

[90] 中央民族大學，現當代文學博士論文，2013年。

入本研究的討論範圍。

　　冰心的著作在全集、選集及單行本均有發行。其中出版的全集著作有2012年卓如選編的《冰心全集》[91]第3版，內容為小說、散文、新詩、在美留學的碩士論文以及書信、翻譯等共計10冊。還有1994年許正林、傅光明編的《冰心詩全編》[92]、1995年許正林、傅光明編的《冰心散文全編（上下冊）》[93]。

　　冰心出版的選集著作有1992年李保初、李嘉言選編的《冰心選集》[94]6卷本。第一卷為小說詩歌卷；第二卷為散文（上編）；第三卷為散文（下編）；第四卷為兒童文學；第五卷為翻譯作品；第六卷為書話、評論、附錄。特別的是2007年王炳根選編的《冰心文選・佚文卷》[95]，其中就有從未收入《冰心全集》的愛情小說〈惆悵〉，與冰心剛寫一小段開頭，卻因過於激憤每次動筆就嚎啕大哭，以致從未完稿的甲午戰爭的遺稿。

　　冰心發行的單行本著作有：1982年出版的《記事珠》[96]收錄內容為散文；2004年出版的《冰心散文選集》[97]；2007年出版的《綠的歌──冰心晚作輯萃》[98]收錄文章包含自傳、小說、雜文；2010

[91] 卓如編，《冰心全集》（福州：海峽文藝出版社，2012年）。
[92] 許正林、傅光明編，《冰心詩全編》（杭州：浙江文藝出版社，1994年）。
[93] 許正林、傅光明編，《冰心散文全編（上下冊）》（杭州：浙江文藝出版社，1995年）。
[94] 李保初、李嘉言選編，《冰心選集》（石家莊：河北教育出版社，1992年）。
[95] 王炳根編，《冰心文選・書信卷》（福州：福建教育出版社，2007年）。
[96] 冰心，《記事珠》（北京：人民文學出版社，1982年）。
[97] 冰心，劉家鳴編，《冰心散文選集》（天津：百花文藝出版社，2004年）。
[98] 冰心，《綠的歌──冰心晚作輯萃》（北京：商務印書館國際公司，2007年）。

年出版的《冰心書信集》[99]；2012年出版的《關於女人：漢英對照》[100]；2017年出版的繁體版《寄小讀者》[101]；以及2018年出版的《冰心日記》[102]。上列所述包含全集、選集與單行本的著作都會交互參採納入文本研究的範圍。

二、研究方法

冰心是文壇巨匠，集小說家、散文家、詩人、兒童文學作家、評論家與翻譯家眾多身分於一身，其文學作品文類多元且內容豐富又有變化。而愛是冰心終其一生貫徹信奉堅持到底的信念，她愛所有的人事物，所有美好的一切。然而讀者想知道的是，如何從冰心已說已寫的文字裡，尋找出隱藏在愛裡的新觀點。因此我們試圖透過冰心文本中的自我敘事，尋找出隱而未說的新亮點。

所謂「自我敘事」是以自身為出發點，與人本身有關，也與人的信念有關，因此我們主要係以敘事治療作為研究方法，輔以部分借用阿德勒個體心理學的概念，以及些許引用意義治療追求生命意義的觀點，來看待冰心是如何分析及討論自己的生命經驗，進而了解冰心在面對困難時，如何透過自我敘事，獲得安定的力量與生存的勇氣。

---

[99] 冰心，陳恕、周明編《冰心書信集》（北京：人民文學出版社，2010年）。
[100] 冰心著，陳茅譯，《關於女人：漢英對照》（北京：外語教學與研究出版社，2012年）。
[101] 冰心，《寄小讀者》（臺北：昌明文化出版公司，2017年）。
[102] 冰心，王炳根編，《冰心日記》（北京：作家出版社，2018年）。

在心理諮商領域裡，敘事治療（narrative therapy）是其中一種心理治療學派與諮商方法。周志建認為敘事治療是：「後現代的心理治療學派，一改傳統心理治療的世界觀與治療方式，既不分析也不診斷，讓個案敘說自己的故事，從敘說故事中理解自己，並重新發現生命的意義，進而重寫生命故事」[103]。而敘事治療之所以能夠「從敘說故事中理解自己」、「重新發現生命的意義」、「進而重寫生命故事」的關鍵因素，是受到後現代的世界觀的啟迪。所謂的後現代世界觀，主要是對「現實」從何而來？如何建立？以及「真理是否絕對」作出梳理與澄清，並且涵蓋四大面向。這四大面向分別為：

　　第一、現實是社會建構出來的。
　　第二、現實是經由語言構成的。
　　第三、現實是藉著敘事組成，並得以維持的。
　　第四、沒有絕對的真理。[104]

　　因為「現實社會是被建構出來的」，例如「教育制度、醫療制度、法律制度、婚姻制度……都是我們一起在生活所共同建構出的真實。成為制度化的社會，又被我們當成是客觀的真實」[105]。因此

---

[103] 周志建，《故事的療癒力量：敘事、隱喻、自由書寫》（臺北：心靈工坊文化事業公司，2013年），頁29。
[104] 吉兒・佛瑞德門、金恩・康姆斯合著，易之新譯，《敘事治療——解構並重寫生命的故事》（臺北：張老師文化事業公司，2021年），頁56。
[105] 黃素菲，《敘事治療的精神與實踐》（臺北：心靈工坊文化事業公司，2021

掌控權力者，就掌控了知識，同時也掌控主流意識的述說權力。

其次「現實是經由語言構成的」談的就是「世界本身靜默無語，無法提供語言，是人類使用語言來言說這個世界。也就是說，語言並不反映外在的自然世界，語言創造出我們所知的外在自然世界」[106]。換句話說，我們體會到的現實都是「被說出來的」。因為語言擁有驚人的力量，「透過自己所說的話，每個人都在建立自己的法則」[107]。例如我們很容易就「被說成某種樣子」，帶著「被說成的標籤」，「生活成某種人的樣貌」。就像是冰心童年時期，曾被父母叫做「阿哥」，於是父母就將冰心當成男孩子對待教養。童年的冰心，由於潛移默化當中接受了「我是阿哥」的觀念，因此當冰心接受「父母的語言」對她形塑的生活態樣時，對冰心而言，身穿男裝與軍靴的男性打扮也就不足為奇了。

而「現實是藉著敘事組成，並得以維持」的意義內涵，則是指向：「敘事治療是一種給個案重新述說故事，並且重新生活的機會，當有機會重新述說自己的生命故事，常常會體會到自己在開創新故事的經驗，並且重新生活成故事，又在新的處境中體驗到不一樣的經驗」[108]。換句話說，藉由不斷的敘述故事，生活就在不斷地述說當中被展延下來，而在生活被延續下來的同時，生命也不斷地處於開創新經驗的位置，因而再訴說的創新經驗，就形成自己的另

年），頁138。
[106] 同上，頁140。
[107] 佛羅倫斯・辛著，賴佩霞譯，《失落的幸福經典——影響千萬人的生命法則》（臺北：方智出版社，2021年），頁49。
[108] 黃素菲，《敘事治療的精神與實踐》，頁143。

一種嶄新的故事與嶄新的生活。

再者，所謂「沒有絕對的真理」指涉的是：「人類也無法認識絕對的真理，各個專業的真理是專業社群對話、互動的結果，而日常生活中的真理，是由我們每天生活中的故事所組成」[109]。易言之，「真理」是由人際互動中產生出來的，是由「有話語權」的一方擔任主要的制定者，而人們就在當權者制定好的規範條框內，以認同「真理」並服從的方式進行日常生活。因此只要當權者更迭變動，「真理」就會跟著變動，而伴隨著「真理」變動的狀況，人們的生活敘事也就因此改寫，這個「改寫」以敘事治療的角度觀之，就是麥克‧懷特提出的「重寫對話（re-authoring conversations）」[110]的見解。透過重寫對話，開展出新的故事並建構新的生活。

麥克‧懷特以「地圖」做為隱喻，將敘事治療詮釋為：「將陪伴遭逢生命困境或問題的人視為一種旅程，旅程中沒有特定的目的地，當接近目的地時，也將同時踏入不同的經驗世界」[111]，進而開展出獨特的敘事治療工作地圖。內容涉及數個觀念：

外化的對話（externalising conversations）

重新會員化（re-membering conversations）

---

[109] 同上，頁144。

[110] 麥克‧懷特、艾莉絲‧摩根合著，李淑珺譯，《說故事的魔力：兒童與敘事治療》（臺北：心靈工坊文化事業公司，2020年），頁21。

[111] 麥克‧懷特著，黃孟嬌譯，《敘事治療的工作地圖》（臺北：張老師文化事業公司，2013年），頁8-9。

　　鷹架對話（scaffolding conversations）

　　定義儀式（definitional ceremony）

　　重寫對話（re-authoring conversations）[112]

　　首先是外化的對話（externalising conversations）。它涉及的內容為：「修正人與問題的關係」[113]。「藉由將問題客體化，為原本將問題視為內化的想法解套。將問題客體化，使個案能將自己和問題切割，問題就是問題，問題不等於人」[114]。惟有將自己立於「問題之外」觀諸問題，才有機會從「問題」中脫困的可能。

　　接續為重新會員化（re-membering conversations）。它的內容指的是：「將生命視為一種會員俱樂部，相信並同意自我認同是由過去與現在當中，重要的角色所形成，開啟各種不同的可能性，在治療對話脈絡中重建自我認同」[115]。換句話說，就是個案自己可以升降重要成員的價值，將自己認為是重要的成員予以提升其「生命俱樂部」的貴賓等級，並將其視為自我學習與認同的重要對象。

　　其次是鷹架對話（scaffolding conversations）。它的內涵提到：「為潛在發展區（zone of proximal development）搭建鷹架，

---

[112] 麥克・懷特、艾莉絲・摩根合著，李淑珺譯，《說故事的魔力：兒童與敘事治療》，頁21。

[113] 麥克・懷特、大衛・艾普斯頓合著，廖世德譯，《故事・知識・權力——敘事治療的力量〔全新修訂版〕》（臺北：心靈工坊文化事業公司，2020年），頁110。

[114] 麥克・懷特著，黃孟嬌譯，《敘事治療的工作地圖》，頁12。

[115] 黃素菲，《敘事治療的精神與實踐》，頁41。

使個案得以逐漸與熟知的事物拉開距離，邁向更多的可能性」[116]。而潛在發展區（ZPD）指的就是「舊有熟知和全新未知的中間地帶」[117]。因此人們得以透過搭建鷹架對話的功能，與舊有熟知的處境拉遠距離，因此比較容易離開原有的困境，發現生命更多的可能性。

　　而定義式儀式（definitional ceremony）。這個詞彙的創造人，也就是文化人類學家梅厄霍夫曾提出最關鍵的闡述，認為：「定義式儀式處理的是忽視與邊緣化的問題；這種策略提供機會讓人們被看見，依自己的意思累積個人價值、重要性與存在的見證」[118]。而這也是麥克・懷特借用作為敘事治療內涵的重要原因，因為「提供機會讓人們被看見，依自己的意思累積個人價值、重要性與存在的見證」，談的就是敘事治療強調的遠離問題，重述故事，進而跨越新舊鴻溝，檢視細微處的亮點，創造出人們的新價值。

　　至於重寫對話（re-authoring conversations）主要強調的是：「邀請個案繼續發展並述說生活的故事，也幫助個案納入某些較被忽略，卻具有潛在重要性的事件與經驗。這些事件與經驗並不在主要故事線裡，它們可被視為特殊意義事件或例外，……提供另類故事的切入點」[119]。換句話說，重寫對話的意義在於探勘出隱而未顯的經驗或事件，藉由再敘說的經驗，關注不起眼的幽微處，以期發現支線故事的關鍵點，重新再敘述，再經驗，形成新生活。

---

[116] 麥克・懷特著，黃孟嬌譯，《敘事治療的工作地圖》，頁228。
[117] 黃素菲，《敘事治療的精神與實踐》，頁46。
[118] 同註116，頁159。
[119] 同上，頁56。

冰心漫長曲折的人生歲月融入文學作品裡，在她書寫的文本中，可以感受到強烈的時代感與濃厚的自我敘事的痕跡。因此採用敘事治療為主，作為梳理冰心作品的研究方法，並在適當章節引用些許阿德勒同理心、意義治療、創傷療癒，與家庭系統的概念，以期探究冰心透過書寫作為聲援平民百姓，關懷家國的自我療癒的內涵。因此本論文的章節安排如次：

第四節　章節結構

第一章　緒論。主要探討的是研究動機，並說明研究目的。以及擇要說明本研究方法當中，探討所運用敘事治療的相關理論。節次安排分別為：第一節研究動機與目的。第二節文獻回顧與探討。第三節研究範圍與方法。第四節章節結構。

第二章　愛的文學沃壤。主要探討的是冰心如何敘述成長過程中所受到的重要啟蒙觀念。包含祖父輩的貧寒家世，父親的愛國情操，母愛的涵養，以及大海的影響。節次安排分別為：第一節平民意識的自我敘說。第二節保疆衛土的愛國敘事。第三節奔放自在的生命言說。

第三章　小我的挫折。主要探討的是冰心的敘述中，如何看待平凡百姓因性別弱勢、經濟弱勢、知識弱勢所遭受的不平等的待遇。節次安排分別為：第一節受迫女性的訴說。第二節貧窮生命的敘事。第三節知識貶值的言說。

第四章　大我的失落。主要討論的是冰心如何說明外國殖民主

義的強權欺壓引發五四運動，到對日抗戰等一連串社會家國的困頓與改良。節次安排分別為：第一節五四的巡禮。第二節零餘者的敘事。第三節大後方的敘說。

第五章 家國的崩壞。主要討論的冰心身處政治動亂之中，如何看待自己從反右運動、大躍進再到文化大革命對整體國家所造成的傷害與人民的自處之道。節次安排分別為：第一節苦悶的1957年。第二節浮誇風的敘事。第三節動亂中的玫瑰。

第六章 結論。提出研究成果，並說明研究展望。

第二章　愛的文學沃壤

　　本章主要討論冰心如何書寫自己在成長過程中所受的影響。冰心敘述自己成長過程受幾件事的影響最大，首先，是身為貧窮裁縫後代帶給她的平民意識。其次是被父母親當成男孩子教養，可以向男孩子一樣自由自在，在重男輕女的保守社會中，這是一種難得的權利，也形成冰心日後勇敢堅強的性格。其次是經歷甲午海戰，保家衛國的海軍父親，啟發她的愛國意識。再者是母親對她的愛，讓她以愛為職志，作為信奉終身的理念，以及大海涵養出她開闊堅毅的包容胸襟。

第一節　平民意識的自我敘說

一、舊軍營裡出生

　　冰心出生於1900年（農曆庚子年），這一年正是義和團之亂，[1]八國聯軍攻陷北京的同一年。關於出生地，冰心敘述說她是

1　唐德剛，〈義和團與八國聯軍的是是非非——傳教‧信教‧吃教‧反教形形色色平議〉，《傳記文學》，第61卷第5期（1992年11月），頁30-31。

由母親口中聽來的，她出生在福建福州，她的「父母之鄉」[2]。地點是一個由祖父租賃，名為「隆普營」[3]的舊軍營。

　　提及自己的出生，冰心用很喜悅的文字，描述祖父笑著跟她說過的一段話：

> 我們園裡最初開三蒂蓮的時候，正好我們大家庭中添了你們
> 三個姊妹。大家都歡喜，說是應了花瑞。[4]

　　冰心祖父敘述的這句「應了花瑞」，是個隱喻。隱喻不僅是文學語言，在心理諮商、敘事治療等領域也經常使用到。依麥克・懷特的敘事治療觀點而言：問題「外化（externalizing）」[5]是核心理念。也就是將問題與人分開對待。馬丁・佩尼進一步闡釋：「外化是『去病態化』（de-pa-thologizing），是暗喻希望與鼓舞的語言，透過隱喻來外化是敘事治療的一大特色」。[6]冰心祖父透過花園裡盛開的三蒂紅蓮，象徵三個女嬰誕生的隱喻，不僅借由蓮花形容女

---

[2]　〈我的故鄉〉，《冰心全集》第五冊，頁454。

[3]　冰心出生時，福州府城由閩縣與侯官縣組成，隆普營屬於侯官縣，位在烏山之下，烏塔之旁。隆普稱營而不稱巷，那是因為這裡曾是軍隊駐紮之處，後來轉成民居，環境清幽寧靜。隆普營與冰心位於三坊七巷的故居相距不遠。王炳根，《玫瑰的盛開與凋謝──冰心與吳文藻（一九〇〇～一九五一年）》〔精裝本〕，頁24。

[4]　冰心，〈往事（一）之七〉，《冰心全集》第一冊，頁463。

[5]　麥克・懷特及大衛・艾普斯頓合著，廖世德譯，《故事・知識・權力──敘事治療的力量〔全新修訂版〕》（臺北：心靈工坊文化事業公司，2020年），頁82。

[6]　馬丁・佩尼著，陳增穎譯，《敘事治療入門》（新北：心理出版社，2017年1月），頁63。

嬰秀美可愛，也飽含吉祥的寓意。在「大家都歡喜」的敘事語調下，更可以感受到高興的氛圍情境。誠如亨利・克羅斯所言：「隱喻是一種藝術，讓人認同故事或講述者，鼓勵以自己的方式嘗試新觀點」[7]。祖父的隱喻讓孫女被看見的同時，「也給出一種深刻的自我覺知，自覺就是治療的開始」[8]。由冰心形塑，藉由祖父口裡敘述出來的隱喻，是新生兒帶來，標舉著鼓舞旗幟的希望。這個希望是支撐迫不得已，身陷漫天烽火的戰時人們，仍能挺過戰爭，看見未來一線光明的療癒力量。

二、無助的貧寒家世

對於女性讀書上學這件事，當時社會建構的主流敘事是男尊女卑，「重男輕女是社會傳統問題」[9]，不是冰心家裡獨有的問題。因此能否上學，端看一家之主的態度是否支持而定。在冰心眼中，祖父對她這位小孫女的疼惜，是名符其實的行動派。冰心敘述自己在祖父的支持下，才擁有受教育的機會。冰心特別強調祖父對她說的話：

> 妳是我們謝家第一個正式上學讀書的女孩子，妳一定要好好

---

[7]　亨利・克羅斯著，劉小青譯，《故事與心理治療》（臺北：張老師文化事業公司，2006年），頁34、35。

[8]　周志建，《故事的療癒力量：敘事、隱喻、自由書寫》，頁222。

[9]　周志建，《情緒治療：走出創傷，BEST療癒法的諮商實作》（臺北：方智出版社，2021年），頁37。

地讀呵。[10]

在冰心的自我敘事中，上學這件事象徵兩個意義。首先是冰心的女性身分在家族中被看見，顯示冰心在祖父心目中備受寵愛。再者透露出祖父期許冰心受教育後，能夠開創新生活，擁有翻轉人生的深切期待。冰心提及祖父對她會有這樣的期許，是源自於曾祖父的貧寒家世及曾受過的苦難故事。

冰心敘述自己的曾祖父為了擺脫看天吃飯的貧農生活，只能離開窮鄉僻壤的長樂縣橫嶺鄉，往外謀生。冰心透過描寫曾祖父迫於天災，專程逃到福州城裡學做裁縫，形塑出窮人的悲哀。冰心筆下使用的這個「逃」字，點出象徵窮人走投無路，只求能生存活命，別無選擇的意象。

冰心提及曾祖父那段遭遇創傷，充滿悲劇的過程時，冰心是這樣敘述這件事情的：

> 那時候做裁縫收款，有個不成文規矩，就是只能在一年三
> 節，即春節、端午節、中秋節，才可以到人家家裡去收帳。
> 那一年的春節，不識字的曾祖父收款時被賴賬，無米下鍋的
> 曾祖母知道後甚至自縊。幸好曾祖父及時解救了曾祖母，才
> 未釀成悲劇。他們頂著凜冽寒風跪著對天發誓，將來如蒙上
> 天恩賜一個兒子，就算拼死拼活，也要讓他讀書識字，好替

---

[10] 冰心，〈我的故鄉〉，《冰心全集》第五冊，頁454。

父親記帳、要帳」[11]。

冰心眼中的曾祖父母歷經過的這段目不識丁，被倒帳斷炊的淒苦，在冰心的敘述筆調下，冰心的祖父母深刻體會底層貧窮人民勢單力薄，叫天天不應，叫地地不靈，求助無門的悲哀。就如同籠罩在海德格所言的「憂懼（Angst）」[12]一般。而冰心敘述曾祖母「知道曾祖父被賴帳，無米下鍋後甚至自縊」的場景描寫，屬於創傷經驗中「嚴重創傷引發的危機感，導致任何事情都不再有意義」[13]的強烈絕望感受下的行為模式。

冰心的曾祖父母囿於前車之鑑，而且為杜絕被倒帳的風險，冰心敘述曾祖父母療癒創傷的方法，就是信守對上蒼的承諾，使冰心的祖父成為「謝家第一個讀書識字的人」[14]。反觀冰心祖父的四個姊妹們就沒這麼幸運，她們無法享有同等待遇。因為當時社會建構出強烈的，重男輕女的主流敘事觀念，因此限縮祖姑母們上學讀書的權利。

冰心透過敘述曾祖父因為不識字遭人欺騙賴帳的遭遇中，看見曾祖母幾乎上吊的悲劇，再加上姑母們礙於女性的身分，而被剝奪識字受教育的機會。冰心因此對家族曾有的貧窮家世，表達出十分

---

[11]　冰心，〈我的故鄉〉，《冰心全集》第五冊，頁455。
[12]　海德格的憂懼（Angst）概念，指的是強烈的焦慮或擔心。Michele L．Crossley 著，朱儀羚、康萃婷、柯禧慧、蔡欣志、吳芝儀合譯，《敘事心理與研究：自我、創傷與意義的建構》（嘉義：濤石文化事業公司，2004年），頁102。
[13]　同上。
[14]　冰心，〈我的故鄉〉，《冰心全集》第五冊，頁454。

感慨的看法，冰心敘述說：

> 假如我的祖父是一棵大樹，他的第二代就是樹枝，我們就都
> 是枝上的密葉；葉落歸根，而我們的根，是深深地扎在福建
> 橫嶺鄉的田地裡的。我並不是烏衣門第出身，而是一個不識
> 字、受欺凌的農民裁縫的後代。[15]

　　冰心使用的這句「我並不是烏衣門第出身，而是一個不識字、受欺凌的農民裁縫的後代」，表明冰心擁有「平民意識」[16]，而這樣的平民意識，讓冰心能以同理心認同並理解底層的人們。這些來自家族的血淚生命經驗，震撼著冰心，在冰心眼中是她心田不能忘懷的記憶。更觸動往後冰心創作生涯對貧窮議題、教育議題、與弱勢婦女議題的關注。從冰心書寫關懷社會底層的文章中可以發現，除了愛與同情，也隱含濃厚自我敘事的色彩。

　　冰心透過描繪曾祖父的貧窮故事，強化「與過去的連結，土地的連結，以及人與人之間的相互連結，與家族的主體認同」[17]。在冰心眼中，家人就是手牽手心連心，即使散居一方，但是血濃於水的情感，卻是與生俱來不可剝奪。對於出生家世的貧富與否，不須

---

[15] 冰心，〈我的故鄉〉，《冰心全集》第五冊，頁455。

[16] 王炳根，〈為人生與為未來的藝術──冰心的小說〉（本文為《冰心文選‧小說卷》前言，原載《冰心文選‧小說卷》，福建教育出版社，2007年），王炳根編，《冰心論集‧四）》（福州：海峽文藝出版社，2009年），頁322。

[17] 河合隼雄著，洪逸慧譯，《活在故事裡：現在即過去，過去即現在》（臺北：心靈工坊文化事業公司，2019年），頁31。

誇大也無須否認。它都是曾經存在的真實印記。

　　在冰心筆下，家更是家族的延伸，家在家族的守護下開枝散葉，家與家族是生命共同體。當冰心以「我並不是烏衣門第出身，而是一個不識字、受欺凌的農民裁縫的後代」的筆調，描繪自己的家族出身，這件事顯現的正是冰心對家族的情感認同。在冰心的敘述中，她深知家中長輩們，對守護家庭的辛苦付出，於是建立起她對家族有強大的向心力。此後冰心書寫的籍貫有新改變，冰心敘述她的新籍貫寫法，就是將「祖父進學地點的福建閩侯，改寫為福建長樂」[18]。這除了強烈表達她的另類看法之外，同時一方面傳達不忘本、不輕農的立場。二方面更是表達對家族長輩艱辛生活奮鬥史的認同書寫。

三、濃厚的祖孫情

　　在大家庭裡，冰心並不是祖父唯一的孫女，但卻深深擄獲祖父的心。冰心形容她深刻感受到祖父的愛，冰心以充滿愛的幸福語調敘述說：「我在祖父身旁兩年多，受盡了他的疼愛和教導」[19]。透過冰心的眼，祖父的言行舉止，無形中影響冰心的待人接物與行事風格。首先是關於尊師重道這件事。冰心筆下描寫的祖父形象，是一位「曾因手捧曲阜聖跡圖，特別就坐了轎子捧著回來」[20]，以示

---

[18]　冰心，〈我的故鄉〉，《冰心全集》第五冊，頁455。
[19]　冰心，〈我祖父的自勉詞〉，《冰心全集》第七冊，頁352。
[20]　冰心，〈關於男人・一我的祖父〉，《冰心全集》第六冊，頁288。

恭敬的教書先生。

　　祖父對教師的敬重也傳承給冰心。這一點，在冰心晚年呼籲尊重知識的文章中清楚可見。其次是冰心還提及，祖父將自己的座右銘送給當時12歲的冰心。冰心描述這珍貴的座右銘禮物是：「知足知不足　有為有弗為」[21]。透過冰心的筆，祖父想呈現的是，期許冰心日後對物質生活，要淡泊名利知足常樂。但是對於精神生活的理想追求，要永不滿足。更重要的是要分辨是非善惡，具惡行惡意的事情不作，例如賭博這件事，就是屬於不被祖父允許的惡行惡事。

　　冰心就敘述過，對自己曾偷偷背著祖父和堂兄姊們打麻將的事深感歉疚。冰心以自責的語氣形容自己：「我離了祖父的眼，就是一個既淘氣又不守法的小傢伙」[22]。再者冰心敘述自己曾因好奇心偷抽水煙被祖父看見的事，祖父非但沒有責備，冰心描寫祖父反而採取「視而不見」[23]的寬容態度，靜默中希望冰心自我反省。在冰心眼裡，透過水煙事件，證明祖父是冰心的「可靠聯盟」[24]，更見證祖父對冰心的疼愛寬容。

　　從祖父的花園開出應花瑞的三蒂蓮花的那一刻起，冰心對於祖父總是特別偏愛她的事，冰心心中感受特別深刻。冰心再三強調即便她淘氣偶犯小過錯，但是祖父卻從未責罰過她。冰心描述與祖父

---

[21]　冰心，〈我祖父的自勉詞〉，《冰心全集》第七冊，頁352。
[22]　冰心，〈關於男人‧一我的祖父〉，《冰心全集》第六冊，頁290。
[23]　同上，頁289。
[24]　劉麗、張日昇，〈祖孫關係及其功能研究綜述〉，《心理科學》，（2003年第26卷第3期），頁506。

之間充滿「正向能量的祖孫關係」[25]，使得這對祖孫，不僅像是站在同一陣線的大小戰友，互動相處溫暖和樂，還有身為長輩對兒孫輩未來的殷殷期許，以及處處充滿濃厚溫馨的祖孫情。

　　孝順是老生常談的議題，牽涉到上下尊卑雙方，如何以彼此都能欣然接受的方式，達到孝與順的目的。最重要實所謂如何孝順其實就是如何實踐。冰心提及她們一家三代從祖父開始到她自己，表達孝順的方式各有不同，但都是以具體行動取勝。首先，冰心敘述自己的祖父是在曾祖父的忌日時，以「沉默不語」[26]的默哀，加上捨棄最愛的甜食的形式，表達對曾祖父的孝順思念之情。

　　其次，冰心描寫自己的父母親則是以「回去大家庭裡不能那麼野了，對祖父尤其要尊敬」[27]的叮嚀方式，來表達尊敬祖父的孝順心意。再者冰心敘述母親以更細緻的吃元宵方法，來照料祖父的健康，傳達孝順的心意。冰心敘述母親考慮到元宵黏性重、不易吞嚥的特性，總會想方設法讓冰心「去祖父碗裡乞討幾顆元宵，祖父總是笑著讓她吃幾顆他碗裡的元宵」[28]。孝順並不是口號，而是真心實意的尊敬和體貼的行為。

　　至於冰心自己則是以書寫的方式，以文本記錄與祖父相聚的幸福時光，回憶祖父生日的美好畫面，以文字的形式來表達另一種溫暖的孝心。冰心在《春水》這本詩集裡，就有描繪和祖父歡樂相聚

---

[25] 簡才永、植鳳英，〈親子關係對成年初期祖孫關係的影響〉，《六盤水師範學院學報》，（2017年第1期），頁55。

[26] 冰心，〈故鄉的風采〉，《冰心全集》第七冊，頁273。

[27] 冰心，〈孝字怎麼寫〉，《冰心全集》第七冊，頁360。

[28] 冰心，〈謝家牆上的對聯〉，《冰心全集》第七冊，頁202。

一堂的短詩，冰心敘述說：

> 祖父千秋，同祝一杯酒
>
> 明燈下，笑聲裡，面頰都暈紅了！[29]

　　無論是緬懷曾祖父，或是趁機減少祖父的元宵，從冰心關於孝道的自我敘事中，冰心提及她從祖父與母親的身教裡，讀懂了體貼與孝順。冰心書寫一家三代人表示孝心的不同型態，這是冰心結合自身的生命經驗，以自我敘事書寫談孝道的最佳見證

第二節　保疆衛土的愛國敘事

一、尷尬的典禮

　　當年滿清政府知曉船堅炮利的重要性，為強化海防國力，特別向外國訂購軍艦，充實海軍戰力。負責接艦回國的是「北洋海軍提督」[30]丁汝昌。他親自領軍，前往英國接艦，謝葆璋等部分官兵也參與其中。冰心提及父親在接艦典禮上的見聞，仍然十分感慨。影響冰心極為深遠的，是父親的這一段話：

---

[29] 冰心，〈春水・一二0〉，《冰心全集》第一冊，頁385。
[30] 北洋水師的官制為：提督、總兵、副將、參將、遊擊、都司、守備、千總、把總。沈岩，〈附錄三：清代軍制階級對照表〉，《船政學堂》（臺北：書林出版公司，2012年），頁310。

那時堂堂一個中國，竟連一首國歌都沒有！我們到英國去接
收我們中國購買的軍艦，在舉行接收典禮儀式時，他們竟奏
一首「媽媽好糊塗」的民歌調子，作為中國的國歌。[31]

　　在冰心的眼中，清朝歷來自詡為地大物博的泱泱大國，然而
連代表國家精神與形象的國歌都沒有！簡直匪夷所思令人不可置
信。特別是在冰心的眼裡，父親是一位極其愛國的軍人。這場尷
尬典禮的「國歌」[32]事件，不只荒謬到底，現場隨意選曲演奏的民
歌，更對冰心父親的愛國心造成創傷。之後1892年，冰心父親謝
葆璋被正式任命為「北洋海軍右翼左營守備」[33]、「來遠艦駕駛二
副」[34]，這也標誌著冰心父親日後親身參與「中日甲午戰爭」[35]的
序曲。

---

[31] 冰心，〈我的故鄉〉，《冰心全集》第五冊，頁458。

[32] 1896年北洋大臣兼直隸總督李鴻章，以外交特使身分赴西歐和俄國作禮貌性
訪問。按當時的外交慣例，在歡迎儀式上要演奏國歌，只好臨時編了一首，
被後人稱為《李中堂樂》，成為中國最早的國歌。參見徐若水，〈幾度滄
桑話國歌〉，《音樂生活》，（2005年第10期），頁36。又歌詞是從《全唐
詩》找到王建的絕句〈宮詞〉內容為：「殿當頭紫閣重，仙人掌上玉芙蓉，
太平天子朝天日，五色雲車駕六龍。」，配以古曲《茉莉花》，作臨時國歌
使用。常家樹，〈國歌史話〉，《同舟共進》，（2018年第12期），頁78。

[33] 1892年，北洋大臣李鴻章奏請光緒皇帝，「升署北洋海軍右翼左營守備（謝
葆璋）充『來遠』船駕駛二副，見《李鴻章奏為北洋海軍署副參遊都守各三
年期滿均改補授片》——張俠、楊志本、羅澍偉、王蘇波、張利民合編，
《清末海軍史料》（下）（北京：海洋出版社，1982年），頁573。

[34] 王淼，〈海軍名宿謝葆璋〉，《軍事文摘》，（2016年第9期），頁77。

[35] 1894年7月25日，日本海軍在豐島海面突然襲擊中國艦隊，挑起了中日甲午
戰爭。唐宏、王紅，〈冰心之父的海軍生涯——記北洋政府海軍次長謝葆
璋〉，《航海》，（1995年第6期），頁14。

二、威遠艦的真相

喜愛冰心作品的大小讀者很多，只要文章一刊登發表，往往都能引起讀者共鳴。讀者來函分享的大多是讀後感，或者是詢問寫作有關的事情。唯獨在冰心眾多的文章當中，當冰心提及父親曾以威遠艦服役的身分，參加甲午海戰的事，卻受到讀者的挑戰質疑。

有關冰心提及父親參加甲午海戰的服務戰艦及職務一事，冰心自己在〈我的故鄉〉敘述說：「甲午中日海戰之役，父親是『威遠』艦上的槍炮二副，參加了海戰」[36]，這是冰心塑造勇敢參加甲午海戰，保家衛國的父親形象。

而相類似的文字表述在〈童年雜憶〉裡也出現過。由於讀者們和冰心意見相左，冰心自己為證明確有其事，在〈關於男人‧二我的父親〉的文章中，冰心特別對父親參戰的這件事強調說：

> 關於我的父親，……他是在「威遠」艦上，參加了中日甲午海戰。但是許多朋友和讀者都來信告訴我，說是他們讀了近代史，「威遠」艦並沒有參加過海戰。那時「威」字排行的戰艦很多，一定是我聽錯了。我後悔當時我沒有問到那艘戰艦艦長的名字，否則也可以對得出來。但是父親的確在某一艘以「威」字命名的兵艦上參加過甲午海戰，有詩為證！[37]

---

[36] 冰心，〈我的故鄉〉，《冰心全集》第五冊，頁458。
[37] 冰心，〈關於男人‧二　我的父親〉，《冰心全集》第六冊，頁290。

　　這件威遠號是否加入甲午海戰的事件，就在讀者好友善意來函提醒，與冰心記憶各有說法的狀態下，各說各話。真正的情況如何？威遠艦是否曾經參戰?都讓人不禁想一探究竟，而最終由冰心自己解開了謎團。

　　冰心敘述自己揭曉答案的過程：甲午海戰100周年紀念前夕，高齡94歲的冰心，以參戰官兵第二代遺屬身分接受訪問。冰心在採訪過程中敘述說：「我父親28歲那年參加甲午海戰，當時還沒有我。我是庚子（1900）年出生的，已經是甲午（1894）年以後的事了。對於當年的一些情況，都是從父母親口裡瞭解的」。[38]不幸的是，當年「北洋海軍全軍覆滅」[39]。戰敗的創傷導致冰心的父親幾乎不願意提起甲午海戰的往事。冰心告訴採訪的人說：「好像聽父親說，戰爭期間他在威遠艦上任職。從寄來的很多材料知道威遠並不是巡洋艦，也沒有參加過黃海海戰。現在搞清楚了，原來父親是在來遠艦上任職」[40]。因此冰心特別在專訪中強調澄清，父親參戰時服役的艦隊名號，也藉此機會回應讀者的疑問。

　　另外也有讀者曾發表文章敘述說，在安徽合肥李鴻章紀念館裡，見過展出的資料上記載冰心父親參戰時的軍艦、職稱及簡介。資料記錄寫明謝葆璋：「甲午海戰時為來遠艦二副，1899年為海圻艦幫統領，1926年任國民政府海軍部次長」[41]。謝葆璋的服役經

---

[38] 唐宏、翁軍，〈冰心老人話甲午〉，《海洋世界》，（1994年第9期），頁25。
[39] 胡小園，〈李鴻章與北洋海軍的殊緣〉，《海洋世界》，（1994年第9期），頁27。
[40] 同上，頁26。
[41] 本篇作者王鐵權因2000年冰心二女兒吳青教授到安徽合肥參觀李鴻章紀念

歷，證明冰心的確有個參加過甲午海戰的軍人父親。

三、來遠艦的海戰

冰心晚年一直想要寫一部關於她父親參加甲午海戰的作品。這篇作品開頭寫了一小段後，就因冰心屢次一想起海戰悲壯的場景，與英勇犧牲的將士們，就每每哭得不能自已，最終就被淚水打敗，嘎然而止。依據王炳根的記載：「2004年在整理冰心遺物時，她的女兒吳青從一本雜誌中，發現一個裁開的已用過的信封，背面便是這部小說的開頭。晚年的冰心，一直想寫這個題材，但一提起筆，感情便不能控制，甚至嚎啕大哭，文字不能成行，這個信封上便落滿了淚痕」[42]。「信封上落滿了淚痕」，表達的是何等痛苦不堪的情緒。這落下的每一顆晶瑩的淚滴，訴說的都是冰心對國家遭難戰敗，軍士官兵慘烈傷亡的悲痛印記。

冰心是以「甲午戰爭」作為此篇作品的命名，而非「甲午海戰」。顯而易見，冰心企圖透過甲午戰爭的大敘事放大視野，納入

館，當時本文作者王鐵權曾陪同參觀。在參觀過程中見到一塊淮系人員展板上，意外地見到了她外公謝葆璋、母親謝婉瑩（冰心）的名字，吳青在展板前拍了幾張照片。展版內容引發起作者注意，上面登載著謝葆璋時任甲午海戰「來遠」艦二副，1899年任「海圻」艦幫統領，1926年任國民政府海軍部次長。王鐵權認為紀念館的資料來源比個人的記憶正確，要不是冰心已逝，如果將這些告訴她，她一定很高興，而觸發寫作動機。見王鐵權〈為冰心老人解惑〉，（原載《文匯讀書周報》2001年2月10日），後見《江淮文史》，（2001年第3期，總期第45期），頁133。其實冰心早在生前1994年，就確知父親在來遠艦服役並參加甲午海戰。唐宏、翁軍，〈冰心老人話甲午〉，《海洋世界》，（1994年第9期），頁26。

[42] 王炳根編，《冰心文選・佚文卷》（福州：福建教育出版社，2007年），頁56。

更寬廣的高度作為文本視框，以描寫殘酷無情的戰爭敘事。冰心未寫完的甲午戰爭，文本內容是這樣敘述的：

> 提起中日甲午戰爭（1984），我的心頭就熱血潮湧，因為我父親謝葆璋先生對我激憤地□□□□□□□，他以□□軍艦的槍炮二副的身體（份）參加了那次戰爭。他說那時日本艦隊掛著英國旗從遠處駛來，到了跟前才掛上日本國旗，讓我們長炮毫無準備之下，倉促應戰。在他身邊的同事（我母親的姪子楊建□）被砲彈打中胸丹腹部倒下了，腸子都沾在煙筒上。停戰後，父親才從煙筒上把烤乾的肝腸撕下來塞到他的胸腔裡的。後來，這艦□□被擊沉了，我父親從大東溝戰場泅水到劉公島上岸，轉回至福州。甲午海戰爆發，因為海裡[43]

　　這篇作品最終未能在冰心生前完成，從此成為遺稿，2007年收錄在王炳根選編的《冰心文選‧佚文卷》，由福建教育出版社出版。2012年由卓如選編，海峽文藝出版社出版的《冰心全集》未見收錄。

　　冰心憶及母親常常對她談到父親參戰那一段憂心忡忡的生活，冰心以擔憂的語氣敘述說：「甲午海戰爆發後，因為海軍裡福州人多，陣亡的也不少，因此我們住的這條街上，今天是這家糊上了白

---

[43] □為無法辨認的字（編者注），王炳根編，《冰心文選‧佚文卷》（福州：福建教育出版社，2007年）頁56，

紙的門聯,明天又是那家糊上白紙門聯。母親感到這副白紙門聯,遲早總有天會糊到我們家門上。她悄悄地買了一盒鴉片煙膏,藏在身上,準備一旦得知父親陣亡的消息,她就服毒自盡」[44]。冰心從母親沉默悲哀的神情裡,讀懂了母親的極度憂愁。冰心筆下的「悄悄買鴉片,一旦得知父親陣亡消息,就服毒自盡」的語句,表達出母親對父親的情深意濃,怕承受不起痛失摯愛丈夫的打擊,因此悄悄計畫替「家門口糊上了白紙的門聯」到來的那一天預作準備。

　　冰心憶及母親心急如焚,徬徨無助的危機感,直到父親輾轉歸來後才解除。冰心敘述母親告訴她說:「那時妳父親的臉,才有兩個指頭那麼寬」[45]。可見戰爭對任何人來說都是一種高強度、高壓力的痛苦煎熬。

　　甲午戰敗之後,清朝政府解散北洋海軍,冰心父親以恨鐵不成鋼的語調告訴冰心說:「中國海軍不該輸的這樣慘,他很恨,恨朝廷的昏庸腐敗」海軍裡有許多愛國將士,他們都不怕死。但最後只能是空懷壯志」[46]。清朝的無能腐敗,不僅侵蝕了國家的軍力,也嚴重侵蝕軍人愛國的心。

　　冰心〈一篇小說的結局〉談的就是反戰的思想。小說的男主角濤兒是戰場上前線殺敵保家衛國的軍人。即使是保家衛國的神聖使命,但是戰爭的殘酷無情,卻令濤兒躊躇猶豫了。面對生命,濤兒

---

[44] 冰心,〈我的故鄉〉,《冰心全集》第五冊,頁459。
[45] 同上。
[46] 唐宏、翁軍,〈冰心老人話甲午〉,《海洋世界》,(1994年第9期),頁25-26。

在寫給母親的信中質疑：「世界為什麼要有戰爭？我們要愛國，為什麼就要戰爭？就要殺人呢？母親啊！喇叭響了，我又要上陣去了」[47]！冰心筆下這段「世界為什麼要有戰爭？我們要愛國，為什麼就要戰爭？就要殺人呢？母親啊！喇叭響了，我又要上陣去了」的悲痛文字，訴說的是對無情戰爭的抗議與訣別的憂心憤慨。

　　藉由濤兒的這封信，冰心描繪戰爭與殺人，即使對身為軍人的濤兒，都同樣是無比沉重的負荷！同時冰心也寫出身為母親，面對戰爭喪子的深沉椎心之痛。由於冰心的父親曾經親口告訴她，壯烈悲慘的甲午海戰。加上冰心也從母親眼裡的神情，得知母親對父親參戰，極度憂慮的脆弱心情。因此冰心反對戰爭，渴望消弭戰爭的反戰思想，就藉由小說表露無遺。

　　冰心的父親謝葆璋從駕駛學堂畢業，成為正式的海軍軍官。當奉派前往國外接艦卻面臨無國歌可奏，卻隨意奏一首媽媽好糊塗的民歌充數，冰心父親眼中深刻感受自己國家完全被忽略，毫無存在感，國家尊嚴蕩然無存。冰心透過父親的眼，看見腐敗的清朝政府，加上父親經甲午戰敗，眼見同袍壯烈犧牲的慘狀，這些都深刻影響冰心的反戰及愛國思想，在她的自我敘事的文本中清晰可見。

---

[47] 冰心，〈一篇小說的結局〉，《冰心全集》第一冊，頁68。

第三節　奔放自在的生命言說

一、著男裝的阿哥

　　童年是每個人必經的成長過程。影響童年生活的幸福與否，決定性的因素往往不在主角兒童本身，而是兒童的父母與其家庭環境。擁有自由學習、又受家庭保護照顧的童年，會使兒童更健康茁壯。因此童年的生命經驗往往會影響一個人成年後的所作所為。

　　對於童年生活這件事，冰心形容自己的感想是：「快樂的、開朗的，首先是健康的。該得的愛，我都得到了，該愛的人，我也都愛了。我的母親、父親、祖父，舅舅，老師以及我周圍的人都幫助我的思想、感情往正常、健康裡成長」[48]。從冰心對童年的自我敘事當中，可以清楚知道冰心眼中的童年生活，洋溢著愛的氛圍。冰心也認同說：「不論童年生活是快樂，是悲傷，有許多印象，許多習慣，深固的刻劃在他的人格及氣質上，而影響一生」[49]。因此冰心強調自己的親身經驗，敘述說她是在思想與感情都健康正常的家庭裡成長。

　　以冰心出生在滿清末年的時代背景來看，當時被建構出來的主流敘事是男尊女卑的「大敘事」[50]。在這樣的主流敘事底下，大人世界裡的女性不僅被貶低地位，同時也被沒收話語權，更遑論是兒

---

[48] 冰心，〈童年雜憶〉，《冰心全集》第六冊，頁51。
[49] 冰心，〈我的童年〉，《冰心全集》第三冊，頁3。
[50] 馬丁·佩尼著，陳增穎譯，《敘事治療入門》，頁22。

童，尤其是女童。但是冰心很幸運，出生在開明的家庭，才得以自由發揮不受壓抑。

當冰心自己特別強調父母稱冰心為「阿哥，弟弟們稱呼我哥哥」[51]的當下，冰心就被「阿哥」這個「語言表達所創造的真實」[52]形塑成男孩子，父母就以對待男孩子的方式來教養。可見冰心像個小男孩似的穿著軍服，是獲得父母允許的，連小名都是男性化的稱呼。

生活在煙台海邊軍營的日子，使冰心的童年與眾不同。冰心總愛到處探險遊玩，足跡遍布海濱，冰心敘述她的遊樂蹤跡及同伴說：

> 我的游蹤所及，是旗臺，炮台，海軍碼頭，火藥庫，龍王廟。我的談伴是修理槍炮的工人，看守火藥庫的殘廢兵士，水手，軍官。那時除了我的母親和父親同事的太太們外，幾乎輕易見不到一個女性。[53]

所謂的女孩形象，對童年時期的冰心來說，距離太遙遠了，只能說是個真實卻又陌生的名詞，但從未曾在她生活中存在。童年身處山諏海隅恣意奔跑的愜意日子，形塑出冰心有別於女孩的另一個形象。冰心敘述自己的打扮說：

---

[51] 冰心，〈我的童年〉，《冰心全集》第三冊，頁4。
[52] 吉兒・佛瑞德門、金恩・康姆斯合著，易之新譯，《敘事治療——解構並重寫生命的故事》，頁64。
[53] 同上。

> 環境把我的童年塑造成一個「野孩子」，絲毫沒有少女的氣
> 息。我們的家，總是住近海軍兵營，或海軍學校。四周沒有
> 和我同年齡的女伴，我沒有玩過「娃娃」，沒有學過針線，
> 沒有搽過脂粉，沒有穿過鮮豔的衣服，沒有戴過花。[54]

　　由此可見，冰心父母的思想當時是走在時代的尖端。對於性別意識並沒有刻板印象。更沒有女孩一定要穿裙裝，做女性化打扮的刻板想法。

　　童年時男子氣概的軍裝，與對軍人生活的嚮往，日後也化成文字出現在冰心的文章中。冰心1921年寫的小說〈夢〉，主角是一對父女。冰心在小說中形容小女孩是個：「穿著黑色帶金線的軍服，配著一柄短短的軍刀，騎在很高大的白馬上，在海岸邊緩轡徐行的時候，心裡只充滿了壯美的快感」[55]。冰心藉由「穿軍裝，配短刀騎白馬，」的詞彙，形塑出「好英武的小軍人」形象。而這個形象深得小女孩父親的心，因為每逢友人誇讚小女孩是「好英武的小軍人」時，小女孩的父親總是以驕傲的語調，笑著回答說：「她是我的兒子，但也是我的女兒」[56]。可見小軍人這個形象，令小女孩父親十分滿意。這篇小說無論是描繪的場景，或是塑造的人物設定，顯而易見都是冰心兒時軍營生活的縮影，是冰心提及童年軍人的回

---

[54]　冰心，〈我的童年〉，《冰心全集》第三冊，頁4。
[55]　冰心，〈夢〉，《冰心全集》第一冊，頁288。
[56]　同上。

憶，充滿自我敘事的鮮明色調。

二、父親的兒子

冰心憶及兒時與父親的相處時光，對於父親開明的教養方式印象深刻。冰心得意的敘述說：「我的『野』，是父親一手『慣』出來的，一手訓練出來的。因為我從小男裝，連穿耳都沒有穿過」[57]。冰心父親總是由著她的性子，不曾採用高壓管制的教育方式。甚至對於「穿耳洞」這件象徵女性化的事情，都在冰心父親的反對下告吹。冰心敘述父親以十分堅定的態度，加上委婉可惜的語氣，找了藉口，向福州家中的伯母及叔母們說：「你們看她左耳唇後面，有一顆聰明痣。把這顆痣扎穿了，孩子就笨了」[58]。這個「聰明痣」隱喻的是，冰心父親對免除愛女受苦的疼惜與用心，更是傳達一個開明父親，不受傳統意識綑綁的父愛。冰心敘述說：「雖然我自己看不見我左耳唇後面的小黑痣，但是我至終沒有扎上耳朵眼」[59]。「左耳唇後面的小黑痣」，成為冰心父女之間愛的溝通橋樑。

父親對冰心的關愛，還表現在「穿鞋子」這件日常事務上。冰心很調皮的敘述說：「我穿的鞋稍微緊了一點，我就故意在父親面前一瘸瘸地走，父親就埋怨母親說，『你又給她小鞋穿了』！母親

---

[57] 冰心，〈童年雜憶〉，《冰心全集》第六冊，頁55。
[58] 同上，頁56。
[39] 同上。

也氣了，就把剪刀和紙裁的鞋樣推到父親面前說，『你會做，就給
她做，將來長出一對金剛腳，我也不管』！父親真的拿起剪刀和紙
就要剪個鞋樣，母親反而笑了，把剪刀奪了過去」[60]。父親的「你
又給她小鞋穿了」與母親的「將來長出一對金剛腳，我也不管」的
爭執語彙，看似夫妻二人對孩子不同的教養認知。實際上，透過冰
心淘氣的描寫，塑造出為人父母以不同方法，展現對女兒有著同樣
濃度的疼愛。

　　父親除了關心冰心的日常生活之外，冰心還描繪父親對她寵愛
有加，帶她行遍四處的各種開心場景，冰心敘述說：「放了學，父
親也從營裡回來，他就教我打槍、騎馬、划船，夜裡就指點我看星
星。逢年過節，他也帶我到煙台市上去，參加天后宮裡海軍軍人的
聚會演戲，或到玉皇頂去看梨花，到張裕釀酒公司的葡萄園裡去吃
葡萄，更多的時候，就是帶我到進港的軍艦上去看朋友」[61]。甚至
只為了讓女兒可以更貼近書中的人物，父親就放下自己的喜好，點
戲給女兒欣賞。

　　冰心感性地描繪父親帶她去聽戲的過程說：「父親並不喜聽
戲，只因那時我正在看《三國》，父親就到戲園裡點戲給我聽，
如，《草船借箭》、《群英會》、《華容道》等。看見書上的人
物，走上舞臺，雖然不懂得戲詞，我也覺得很高興」[62]。由此可見
冰心父親真的是很寵她，她是父親最珍貴的掌上明珠。

---

[60] 冰心，〈童年雜憶〉，《冰心全集》第六冊，頁56。
[61] 冰心，〈我的童年〉，《冰心全集》第五冊，頁506。
[62] 冰心，〈我的童年〉，《冰心全集》第三冊，頁5。

　　既然作為父親，提升孩子的知識程度，也是教養的責任之一。因此觀賞星星，參觀軍艦，就成為父女倆寓教於樂的互動模式。冰心敘述觀星時父親經常告訴她說：「妳看星星不是很多很小，而且離我們很遠麼？但是我們海上的人一時都離不了它。在海上迷路的時候，看見星星就如同看見家人一樣」[63]。來自於父親所說的「在海上迷路的時候，看見星星就如同看見家人一樣」的話語，點出「星星」隱喻的是具有「領航人的光明特質」，而這「領航人」是保護親愛的父親的重要寶物，因此冰心敘述說：「我至今愛星甚於愛月」[64]，這像家人般指引迷津的點點星光，是一段冰心與父親共同觀星的美好記憶。

　　對於父親帶她參觀軍艦，冰心敘述她的感受說：「我只覺得處處都是整齊，清潔，光亮，雪白，心裡有說不出的讚嘆同羨慕。我也常得親近父親的許多好友，如薩鎮冰先生，及民國第一任海軍部長黃鐘瑛上將。他們都是既嚴肅又和藹，生活紀律與恬淡。他們也作詩。他們這一班人是當時文人所稱的『裘帶歌壺，翩翩儒將』」[65]。受到了父親的影響，以及對軍中事物的喜愛，冰心萌發她想投筆從戎的想法說：「我當時的理想是想學父親，學父親的這些好友，並不曾想到我的『性』，阻止了我作他們的追隨者」[66]。甚至連父親教她騎馬的時候，冰心都以豪氣的口吻大方地笑著告訴父親說：「我再學騎十年的馬，就可以從軍去了，像父親一般，做

---

[63]　同上。
[64]　同上。
[65]　同上，頁5-6。
[66]　同上，頁6。

勇敢的軍人」！[67]然而當時從軍的「性別」設定，為她畫了一道無
法逾越的鴻溝，成為冰心從軍的阻礙。提及在煙台海邊軍營度過的
童年歲月，冰心以很立體的描寫帶出空間感，冰心敘述說：

> 想起來，住在海軍練營旁邊的時候，是我在煙台八年之中離
> 海最近的一段。這房子北面的山坡上，有一座旗臺，是和海
> 上軍艦通旗語的地方。旗臺的西邊有一條山坡路通到海邊的
> 炮，炮臺上裝有三門大炮，炮臺下面的地下室裡還有幾個魚
> 雷，說是「海天」艦沉後撈上來的。這裡還駐有一支穿白衣
> 軍裝的軍樂隊，我常常跟父親去聽他們演習，我非常尊敬而
> 且羨慕那位樂隊指揮。炮臺的西邊有一個小碼頭。父親的艦
> 長朋友們來接送他的小汽艇，就是停泊在這碼頭邊上的[68]

　　無論是「軍營」、「旗臺」、「旗語」、「炮臺」、或是一路
到地下室的「魚雷」、及「白衣軍裝的軍樂隊」與「汽艇碼頭」，
整體構築出一幅鮮明獨有的海軍軍營景象。

　　同時也成為一座獨一無二，冰心專屬特有的童年遊戲場。因此
冰心認為：「那七八年山陬海隅的生活，我多半是父親的孩子，而
少半是母親的女兒」[69]。

---

[67] 冰心，〈往事（一）・十七〉，《冰心全集》第一冊，頁473。
[68] 冰心，〈我的童年〉，《冰心全集》第五冊，頁505
[69] 冰心，〈我的童年〉，《冰心全集》第三冊，頁3-4。

三、母親的女兒

　　身為母親的女兒，冰心在不少作品中都曾經出現過，對於摯愛的母親的描寫。比如說冰心就曾經在《寄小讀者》中，介紹她的母親給小朋友們認識，冰心是這樣形容母親的：「她的話句句使做兒女的人動心，她的字，一點一劃都使做兒女的人下淚！我每次得她的信，都不曾預想到有什麼感觸的，而往往讀到中間，至少有一兩句使我心酸淚落。這樣深濃，這般誠摯，開天闢地的愛情呵！願普天下一切有知，都來頌讚」[70]。冰心透過「這樣深濃，這般誠摯，開天闢地的愛情呵」的語句，來抒發對於母親的濃烈思念程度，就像似純粹無雜質的愛情一般。

　　同時冰心更點出無論是「母親的話」或是「母親的字」，母親所「說的」及母親所「寫的」，訴說的都是母親對冰心的關心。於是冰心自己分析說：「我現在不在母親的身畔，但我知道她的愛沒有一刻離開我，她自己也如此說」[71]。因為母親告訴冰心：「做母親的人，哪個不思念她的孩子」[72]！對首次遠渡重洋，赴海外求學的冰心來說，「母親的信」更是冰心化解思念母親的最佳解方。因此冰心敘述說：「我的心舟在起落萬丈的思潮中震盪時，母親！縱使妳在萬里外，寫到『母親』兩個字在紙上時，我無主的心，已有

---

[70]　冰心，〈寄小讀者〉，《冰心全集》第二冊，頁38。
[71]　同上，頁32。
[72]　同上，頁39。

了著落」[73]。透過文字表述，冰心賦予「母親」二字的意義，除了是母親身分的命名之外，對冰心而言更是心緒安定的能量表徵。

不僅如此，冰心更將對母親的戀慕之情化成文字，作為《寄小讀者》四版的自序序言。冰心以深情的語言在這篇序言中描述說：「假如文學的創作，是由於不可遏抑的靈感，則我的作品之中，只有這一本是最自由，最不思索的了。這書中的對象，是我摯愛恩慈的母親。她是最初也是最後我所戀慕的一個人。我提筆的時候，總有她的蹙眉或笑臉湧現在我眼前」[74]，由此可見對冰心而言，摯愛的母親不僅是寫作時的靈感來源，更是她口中形容的「我的太陽」[75]，照亮她的心靈。

提及父母親的感情，冰心敘述說：「我的母親楊福慈……十九歲嫁到了謝家。她的婚姻是在她九歲時，由我的祖父和外祖父做詩談文時說定的。結婚後小夫妻感情極好，因為父親長期在海上生活，會少離多，因此他們通信很勤」[76]。冰心眼中父母親相處融洽的美好感情生活，不僅是成就冰心認為的「我有快樂美滿的家庭」[77]，也是成就冰心眼中「我的父親是世界上最好的爹爹，母親是最好的媽媽」[78]的幸福來源。由於冰心父母親感情極佳，當甲午海戰冰心父親生死未卜時，冰心母親甚至有買鴉片膏服毒自盡的

---

[73] 同上，頁41。

[74] 同上，頁2。

[75] 冰心，〈致詞〉，《冰心全集》第一冊，頁531。

[76] 冰心，〈我的故鄉〉，《冰心全集》第五冊，頁458。

[77] 冰心，〈寄小讀者〉，《冰心全集》第二冊，頁52。

[78] 冰心，〈遠道‧七〉，《冰心全集》第一冊，頁591。

想法。

　　提及父親甲午海戰歷劫歸來後的居家生活，冰心敘述說：「從那時起，這一對年輕夫妻，在會少離多的六七年之後，才廝守了幾個月。那時母親和她的三個妯娌，每人十天替大家庭輪流做飯。父親便幫母親劈柴、生火、打水，作個下手」[79]。冰心還提及母親在大家庭中的生活情景說：「祖父十分喜歡母親的針線，特別送她一副刀尺，這是別個兒媳所沒有的」[80]。冰心巧妙安排筆下「特別送她一副刀尺」的隱喻，並藉由隱喻點出兩件事情。一件事是母親擅長針線活，另一件事就是母親是得祖父疼愛的兒媳。由此可見，固然母親的婚事是在小女孩時就已經說好底定，但在當時媒妁之言當道的主流文化之下，嫁入大家庭的母親，卻幸運的擁有美好婚姻，實屬難得。

　　憶及兒時往事，冰心在《寄小讀者》中分析說，自己最喜歡挨坐在母親旁邊的原因是因為希望：「親愛的母親，請你將我所不知道的關於我的事，隨時記下寄來給我，我現在正是考古家一般的，要從深知我的妳口中，研究我神秘的自己」[81]。於是母親告訴冰心，關於她幼年怕吃藥與曾經生重病的事。母親以憐惜的語調告訴冰心說：「不過有三個月罷了，偏已是這般多病，聽見端藥杯的人的腳步聲，已知道驚怕啼哭。許多人圍在床前，乞憐的眼光，不望著別人，只向著我，似乎已經從人群裡認識了妳的母親」[82]。從

---

[79]　冰心，〈我的故鄉〉，《冰心全集》第五冊，頁459。
[80]　冰心，〈我的母親〉，《冰心全集》第七冊，頁114。
[81]　冰心，〈寄小讀者〉，《冰心全集》第二冊，頁32。
[82]　同上，頁28。

母親口裡，冰心才知道原來自己小時候是體弱多病的「藥罐子」。不僅如此，母親還告訴冰心說：「有一次妳病得重極了……，妳父親又不在家……我打電報給妳父親，說我身體和靈魂上都已不能再支持。忽然一陣大風雨，深憂的我，重病的妳，和妳疲乏的乳母，都沉沉的睡了一大覺。這一番風雨，把你又從死神的懷抱裡，接了過來」[83]。冰心以「深憂的我」，「重病的妳」，「和妳疲乏的乳母」，勾勒出年輕無助的母親，面臨父親不在家的情況下，眼見愛女生重病，儘管有乳母的陪伴，但是卻憂心如焚、焦慮無助的情景。

兒時的冰心也有令母親開心的一面，冰心母親得意的形容說：「妳的彌月到，穿著舅母送的水紅綢子的衣服，戴著青緞沿邊的大紅帽子，抱出到廳堂前。因看妳豐滿紅潤的面龐，使我在姊妹妯娌群中，起了驕傲」[84]。對冰心母親而言，可愛紅潤的冰心備受親友稱讚，就如同讚美冰心母親本人一樣。冰心運用「使我在姊妹妯娌群中，起了驕傲」的語句，說明讚美的連帶效應，讓母親一談到冰心就感到得意。

沐浴在母愛中的冰心，分析自己母親強調「不為什麼」[85]無條件愛她的唯一理由就是：「我是她的女兒。她愛我，不是因為我是冰心，或是其他人世間一切虛偽的稱呼和名字，她的愛是不附帶任何條件的」[86]！冰心更進一步剖析母親的愛說：「她的愛，是摒

---

[83] 同上，頁29。
[84] 同上，頁28。
[85] 同上，頁31。
[86] 同上。

除一切，拂拭一切，層層的靡開我前後左右所曖罩的，使我成為今我的元素，而直接的來愛我的自身」[87]！因此冰心詮釋母親的愛：「不但包圍我，而且普遍地包圍著一切愛我的人；她也愛了天下的兒女，她更愛了天下的母親」[88]。由此可見冰心認為母愛可以擴散成為愛天下的母親，以及愛天下的兒女。冰心更進一步闡釋她心中所謂的母愛就是：

> 母親的愛打千百轉身，在世上幻出人和人，人和萬物種種一切的互助和同情。這如火如荼的愛力，使這疲緩的人世，一步一步的移向光明……我只願這一心一念，永住永存，盡我在世的光陰，來謳歌頌揚這神聖無邊的愛。[89]

由於冰心理想中的母愛，是帶著善良美好的無私特質，透過人們的互助，以同理心的視野看待人世萬物的溫暖和煦的力量。冰心認為藉由這種母愛的力量，能夠弭平紛亂無序，達到光明敦厚的美好境界。因此冰心認為值得傾盡寶貴的歲月，讚頌謳歌美好無私的母愛。

盛英以大氣的語言高度讚譽冰心：「創立母愛文化，是個大寫的女人」[90]。顯見書寫母愛，已成為冰心作品當中自我敘事的鮮明

---

[87] 同上。
[88] 同上。
[89] 冰心，〈寄小讀者・通訊十二〉，《冰心全集》第二冊，頁39。
[90] 盛英，〈冰心：一個大寫的女人——在全國冰心文學系列講座上的演講（摘錄）〉，《揚州大學學報》，（2008年7月），頁97。

標誌之一。謝冕就曾提過冰心書寫母愛最多的《寄小讀者》對他的
影響，謝冕的這一段話，十分發人深省：

> 冰心給予我的，都深深坦藏於活潑的生命中，而不論外界有
> 何等嚴重的折磨與威逼。人的感情世界十分奇特，就在那些
> 失去理智的年月，當人們陷入普遍的敵意與仇殺之中，尤其
> 當自己陷入困境，蒙受侮辱的時候，都益發思念冰心曾經給
> 予我的柔情與撫慰。[91]

　　以敘事治療的觀點而言，「不論外界有何等嚴重的折磨與威
逼」、「失去理智的年月」、「陷入普遍的敵意與仇殺之中」、以
及「自己陷入困境，蒙受侮辱」的話語，塑造出的是一個「塞滿問
題的故事」[92]。而這些「塞滿問題的故事」會造成作者舉步維艱的
困境。因此這時走出困境的契機，就是作者自己敘說的「益發思念
冰心曾經給予我的柔情與撫慰」這個「獨特的結果」[93]。而「益發
思念冰心曾經給予我的柔情與撫慰」的語彙意義，就是幫助作者離
開問題，看見另一種新敘說、新故事的可能性。
　　同時母親也是擁有自學力，擅於自主學習的人，「不讓時代把

---

[91] 謝冕，〈最初的啟迪——以此慶祝冰心先生創作七十周年〉（原載《福建文
學》1990年第8期），林德冠、章武、王炳根編《冰心玫瑰》，頁112。

[92] 尤卓慧、岑秀成、夏民光、秦安琪、葉劍青、黎玉蓮合編，《探索敘事治
療》（新北：心理出版社，2017年），頁23。

[93] 艾莉絲・摩根著，陳阿月譯，《從故事到療癒：敘事治療入門》（臺北：心
靈工坊文化事業公司，2012年），頁79。

她丟下」[94]。

　　提及母親的婚戀觀，冰心分析認為：「她不反對自由戀愛，但也注重愛情的專一」[95]。因此對於冰心的女同學私奔的事，冰心敘述母親的看法是：「私奔也不要緊，本來儀式算不了什麼，只要他們始終如一就行」[96]。透過母親的眼，冰心表達的是對愛情的表面及對愛情實質內涵的書寫。「私奔也不要緊，本來儀式算不了什麼」隱喻的是愛情的表面，既然是表面功夫，儀式就顯得無足輕重了。而「只要他們始終如一就行」隱喻的是面對愛情的實際態度，是對愛情專一及獨有特質的信守承諾。而這發自內心重情重義的許諾，才是影響彼此愛情生活是否美好幸福的決定性關鍵。由此可見冰心母親是尊重個人自由戀愛的權利。

　　提及「不讓時代丟下她」的母親，看的書種類繁多，甚至連數量都超過家裡人。冰心敘述母親的閱讀現象說：「小說、彈詞，到雜誌，報紙，新的，舊的，創作的，譯述的都有，比我們家裡什麼人看的都多」[97]。冰心形容母親愛看書的程度是：「針線匣裡總是有書」[98]。不但如此，母親還會將心得提出來討論。冰心以讚嘆的語氣描寫說：「新穎的見解，總使我們驚奇。有許多名詞，我們還是先從她口中聽到的，如『普羅文學』之類。我常默然自慚，覺得

[94] 冰心，〈關於女人‧我的母親〉《冰心全集》（第二冊），頁516。
[95] 同上。
[96] 同上，頁516-517。
[97] 冰心，〈南歸〉，《冰心全集》（第二冊），頁289。
[98] 同上，頁290。

我們在新思想上反像個遺少，作了落伍者」[99]。冰心藉由「針線匣裡總是有書」的筆觸，形塑出母親是個有自主學習能力，愛閱讀的知識女性。而「新穎的見解」象徵母親在閱讀後展現的批判思考能力，而知曉新名詞「普羅文學」則代表母親透過閱讀看見的「文學新世界」，這個「文學新世界」也是冰心母親透過與家人的討論過程，分享給家人的閱讀成果。

影響所及，母親更是冰心識字愛閱讀的第一個推手。冰心以「感謝我的母親」[100]的溫馨語氣分析，自己兒時接觸閱讀的契機是由於：「母親在我四、五歲的時候，在我百無聊賴的時候，把文字這把鑰匙，勉強地塞在我手裡。到了我七歲的時候，獨遊無伴的環境，迫著我帶著這把鑰匙，打開了書庫的大門。門內是多麼使我眼花繚亂的畫面呵！我一跨進這個門檻，我就出不來了」[101]。因為從小的獨遊無伴的環境，才有機會讓冰心早早跨進閱讀的領域，透過閱讀的過程，獲得許多的知識，增進許多見聞。

由於當時還沒有專門為兒童寫，適合兒童看的兒童讀物，因此冰心提及自己看的兒童讀物來源就是：「大人書架上的那些小說，我看到的第一部書是《三國演義》」[102]。冰心讀過印象深刻的一部書是《紅樓夢》。她描寫閱讀紅樓夢的心路歷程時說：「紅樓夢是在我十二三歲時候看的，起初我對它的興趣並不大，賈寶玉的女聲女氣，林黛玉的哭哭啼啼，都使我厭煩，還是到了中年以後，再拿

---

[99] 同上。
[100] 冰心，〈讀書〉，《冰心全集》（第七冊），頁79。
[101] 冰心，〈童年雜憶〉，《綠的歌——冰心晚作輯萃》，頁60
[102] 冰心，〈書給了我快樂和益處〉，《冰心全集》（第六冊），頁125。

起這部書看時，才嘗到『滿紙荒唐言，一把辛酸淚』一個朝代和家庭的興亡盛衰滋味」[103]。「中年以後再拿起這部書看時」以敘事治療的語言來說，就是生命的再敘說，藉以表達冰心中年面臨對日抗戰的大我失落。而透過生命的再敘說，「一個朝代和家庭的興亡盛衰滋味」，是冰心體會的重寫的新生命故事。

　　關於閱讀帶來的益處，冰心是這樣敘述的：「我小的時候沒有進過小學，……但是我的確從讀書上，得到極大的快樂和益處。從書上得到的思想教育影響了我的一生」[104]。這個影響也展現在冰心的作家生涯裡。冰心在提及創作詩集《繁星》和《春水》的背景時，就敘述說：「我接觸泰戈爾的著作，是在一九一九年『五四運動』以後，我從中文和英文的譯本中，看到了這位作家的偉大的心靈，縝密的文思和流利的詞句，這些都把我年輕的心抓住了」[105]。「我自己寫《繁星》和《春水》的時候，並不是在寫詩，只是受了泰戈爾《飛鳥集》的影響，把自己許多『零碎的思想』收集在一個集子裡而已」[106]。冰心敘述說自己從中英文的相關著作認識泰戈爾，並仿效他的哲理書寫方式，將輕薄短小的零碎思想化身成廣受讀者喜愛的詩集。

　　在職場生涯規劃中，冰心提及原先自己選擇醫生當職業的初衷是：「那時知識女性就業的道路很窄，除了當教師，就是當醫生。

---

[103] 冰心，〈憶讀書〉，《冰心全集》（第七冊），頁225。
[104] 同註102。
[105] 冰心，〈紀念印度偉大詩人泰戈爾〉，《冰心全集》第五冊，頁489。
[106] 冰心，〈我是怎樣寫《繁星》和《春水》的〉，《冰心全集》第四冊，頁156。

我是從入了正式學校起，就選定了醫生這個職業，主要的原因是我的母親體弱多病」[107]。後來隨著五四運動爆發，忙著上街宣傳、開會，冰心也提及由於「理科的實驗課，如生物解剖等常缺課又無法補，加上對寫作產生興趣與周遭人的慫恿，於是就同意改行，理預科畢業後，就報升文本科還跳了一班」[108]。冰心從此就改變了她的職業選項，展開她長達七十多年的文學道路。

四、大海的隱喻

憶及父親曾任煙台海軍學校校長的這段往事，冰心以豪情的語調敘述說：「甲午戰爭後，海軍學校所剩無幾。要發展海軍，沒有海軍人才怎麼行？所以父親下決心要培養更多的海軍人才，來復興中國海軍，雪洗甲午之恥」[109]。就此冰心父親承擔起培育海軍人才的使命，而海邊軍營的生活也成為她的童年日常。

提及對童年海邊生活的印象，冰心是這樣敘述的：「我從小是個孤寂的孩子，……整年整月所看見的：只是青鬱的山，無邊的海，藍衣的水兵，灰白的軍艦。所聽見的，只是山風，海濤，嘹亮的口號，清晨深夜的喇叭。……我終日在海隅山阪奔跑，和水兵們做朋友」[110]。冰心歷來是寫景高手，她以「青鬱的山」、「無邊的

---

[107] 冰心，〈從五四到四五〉，《冰心全集》第五冊，頁474。
[108] 冰心，〈回憶五四〉，《冰心全集》第五冊，頁465。
[109] 袁華智、唐宏，〈老作家冰心的海軍緣〉，《炎黃春秋》，（1995年第3期），頁53。
[110] 冰心，〈我文學生活〉，《冰心全集》第二冊，頁320-321。

海」、「藍衣的水兵」、「灰白的軍艦」勾勒出海邊環境的山水場
景。以「只是山風」、「海濤」、「嘹亮的口號」、「清晨深夜的
喇叭」，勾勒出實際生活在海濱的立體景象。

對於熟悉海邊景象帶來的生活親切感，冰心敘述說：「我常常
一個人走到海邊去。那是我極其熟識的周圍環境，一草一石，一沙
一沫，我都有無限的親切。我常常獨步在沙岸上，看潮來的時候，
彷彿天地都飄浮了起來。潮退的時候，彷彿海岸和我都被吸捲了進
去。童稚的心，面對這親切的偉大，我常常感到怔忡。黃昏時，
休息的軍號吹起，四山迴響，聲音淒壯而悠長，那熟識的調子，
也使我莫名其妙的要流下淚，我不覺得自己的悶，只覺得自己的
小」[111]。由於冰心自述從小是個孤寂的孩子，所以海邊的草、石、
沙、沫都成了冰心的好朋友，天天接觸天天看，如數家珍。因此當
面對廣闊大海的潮起潮落，加上聆聽悠揚的軍號聲，以及無邊無際
的天地海岸，這一切都感動了冰心的小小心靈。

大海對冰心的意義而言，隱喻的是與父親的連結，也是愛國的
連結。透過「海軍學校」，冰心看到的是父親濃厚的愛國意識，與
力圖振興海軍官兵士氣的情操。

因此冰心自己分析說：「愛海也罷，愛別的東西也罷，都愛的
是我們自己的土地，我們自己的人民。就說愛海，我們愛的決不是
任何一片四望無邊的海。每一處海邊，都有她自己的沙灘，自己的
岩石，自己的樹木，自己的村莊，來構成她自己獨特的、使人愛戀

---

[111] 冰心，〈我的童年〉，《冰心全集》第三冊，頁4。

的性格。……她的性格裡面,有和我們血肉相連的歷史文化、風俗
習慣。……她孕育了我們,培養了我們,我們依戀她,保衛她。我
們願她幸福繁榮,我們絕不忍受人家對她的欺凌侵略」[112]。藉由冰
心的筆觸,她打造出「海是土地」、「海是人民」、「海是我們的
家園」的象徵。同時形塑著「海是歷史文化」與「海是風俗習慣」
的認同。因此我們必須保衛海,不允許任何人欺負侵略我們的海。
基於這些因素,冰心眼中的「愛海」就成了「愛國」的代名詞。

　　對童年在大海之濱度過的冰心來說,大海也是她禮敬的對象。
冰心以莊重的心情敘述著:「眼前是一望無際的湛藍一片的大海,
身後是一抹淺黃的田地。那時我的大半個世界是藍色的,藍色對於
我,永遠象徵著闊大、深遠與莊嚴」[113]。

　　大海不只深遠莊嚴,冰心禮敬的大海,也向母親一般撫慰冰心
的心靈。冰心憶及當時住在煙台海軍醫院的情景時說:「這所醫
院是在陡坡上坐南朝北蓋的,正房比較陰冷,但是從走廊向東望就
看見了大海!從這一天起,大海就在我的思想感情上占了一個極其
重要的位置。我常常心裡想著它,嘴裡談著它,筆下寫著它;……
當我憂從中來,無可告語的時候,我一想到大海,我的心胸就開闊
了起來,寧靜了下去」。[114]「愛海是這麼一點一分的積漸的愛起來
的」。[115]大海不只多變廣闊,在冰心的靈魂深處,大海抹去冰心的
憂愁,是冰心告解心靈的安心處所。靜默無語的大海,以敘事治療

---

[112] 冰心,〈海戀〉,《冰心全集》第五冊,頁59-60。
[113] 冰心,〈綠的歌〉,《冰心全集》第六冊,頁160。
[114] 冰心,〈我的童年〉,《冰心全集》第五冊,頁504。
[115] 冰心,〈往事(二)·五〉,《冰心全集》第一冊,頁484。

的「存在性相隨」[116]，也就是陪她走一段的方式，用沉靜之姿傾聽冰心無處可告的煩憂。於是大海已經成為最療癒冰心的好朋友。這也是冰心為何愛海的理由。因此冰心描述說：「每次拿起筆來，頭一件事憶起的就是海」[117]。大海儼然化身成為冰心生活中的重要部分。

　　冰心在山東煙台軍營附近居住的日子，因為靠海最近，海邊旗臺炮臺都成為她的遊樂園。她從小著男裝，有機會跟前跟後在父親身旁，騎馬打槍等都難不倒她，因為父親，所以她敬愛軍人，因為父親，她愛星星勝於愛月亮。同時在海天一色的遼闊廣大的環境薰陶下，大海涵養冰心獨立思考廣納百川的胸襟，這也是她日後遭遇戰亂、面對反右及十年動亂的磨難，能堅持到底的堅強力量。

---

[116] 周志建，《故事的療癒力量：敘事、隱喻、自由書寫》（臺北：心靈工坊文化事業公司，2013年），頁207。

[117] 冰心，〈往事（一）〉，《冰心全集》第一冊，頁468。

第三章　小我的挫折

　　本章主要討論的是冰心如何書寫小我的挫折。這裡指的小我不是指冰心個人，而是指普羅大眾般的平凡人們。其所指的挫折也就是平凡人們所遭遇的平凡問題。主要分為幾個議題，首先是探討受壓迫女性的訴說，其次是探討貧窮生命的敘事，再者是探討知識貶值的言說。除了以敘事治療的觀點為主，同時也部分引用阿德勒的同理心概念，分析冰心如何以自我敘事的文本作藍圖，書寫出在性別弱勢，經濟弱勢，及知識弱勢上的困窘與創傷，並藉由梳理此部分，探討冰心如何將人們受到的創傷與艱辛書寫出來，並藉由文字表達她的同理與關懷。

第一節　受迫女性的訴說

一、安息的翠兒

　　冰心〈最後的安息〉的敘述主調是藉由描寫「童養媳」[1]翠兒

---

[1] 童養媳是指女孩尚未成年時，家裡的長輩或族長便提前為其訂婚約，並將女孩送往夫家童養，這種童養下的女孩便是童養媳。簡玉祥，〈民國時期司法視野下童養媳問題研究〉，《鄭州師範教育》，（2017年1月第6卷第1期），頁75-77。

與城裡姑娘惠姑的友誼，闡述對被壓迫的未成年少女的關懷。冰心筆下的翠兒，藉由「個人敘事」[2]描繪身不由己的弱勢生活狀態。從翠兒口裡敘述的「家裡有我媽，還有兩個弟弟，三個妹妹。自從四歲上爹媽死去後，就上這邊來了」[3]，表達的是翠兒身為童養媳的自我「生命視框」[4]。在翠兒的生命視框中顯現出翠兒的新母女與家庭關係、以及成為童養媳的生命起始點，與造成童養媳生涯的緣由。

　　翠兒口中「叫媽不是媽」[5]的人，正是她的婆婆。冰心分析翠兒與婆婆的這段新母女關係時，冰心是這樣形容的：「過來不到兩個月，公公就病死了，所以婆婆成天咒罵她，說她命硬剋死公公。對她百般凌虐，讓她受凍挨餓，更是家常便飯」[6]。冰心藉此形塑出翠兒的受虐兒與她新母親的惡婆婆形象。這段新母女關係讓「生活中最不顯眼卻又不能缺少的母愛」[7]，變成高不可攀的奢侈品。

---

[2]　所謂個人敘事（personal narrative）其實就是故事（story）。個人敘事有開端、中場與結局，有情節發展和人物穿插其中。透過個人敘事，組織和建構個人的生活方式。Michele L・Crossley著，朱儀羚、康萃婷、柯禧慧、蔡欣志、吳芝儀合譯，《敘事心理與研究：自我、創傷與意義的建構》，頁125。

[3]　冰心，〈最後的安息〉，《冰心全集》第一冊，頁80。

[4]　依余德慧看法：人們說話的用語裡，常常埋藏一大片相互關聯的假設。這些假設就是人們理所當然的世界，是人們用盡了人生的悲歡歲月而得到的自己，這些假設稱為生命視框。余德慧，《生命夢屋》（臺北：張老師文化事業公司，2010年），頁121。

[5]　依陳波靜看法：所謂「叫媽不是媽」指的是婆媳關係。婆媳之間既不存在婚姻關係，也不存在血緣關係，而是由姻親關係和血緣關係而產生的一種特殊關係。陳波靜，《婦女心理學》（暨南大學出版社，1994年），頁148。轉引自鄭桂珍、邱曉露編，《女性與家庭》（上海：上海教育出版社，2003年），頁45。

[6]　冰心，〈最後的安息〉，《冰心全集》第一冊，頁81。

[7]　愛麗絲・米勒著，袁海嬰譯，《幸福童年的秘密》（臺北：心靈工坊文化事

　　惡婆婆的虐待就像連續劇般充滿荒誕的劇情，透過冰心筆下，勾勒出飽受虐待的場景：「婆婆從屋裡出來，蓬著頭，掩著衣服，跑進廚房端起半鍋的熱開水，就往翠兒的臉上潑去。又罵道：『妳整天裡哭什麼，把我也哭死了，妳就趁願了』！這時翠兒臉上手上都燙得起了大泡。剛哭著要說話，她弟弟們又用力推她出去。當她拿髒衣服去溪邊洗的時候，手腕上的燙傷，一碰到水，一陣一陣的麻木刺痛，她邊洗衣服邊哭泣」[8]。遭受家暴的翠兒，淚水怎麼洗也無法洗滌她心裏的創傷。

　　被虐待與虐待成為翠兒與婆婆，日復一日年復一年的相處景象。更是翠兒內心「墮於無間地獄，千萬億劫，求出無期」[9]，辛酸而永不下檔的戲碼。經由新母親虐待翠兒的事件，冰心期盼「隱含讀者」[10]能讀出隱而未說的，也就是母愛能否散發光輝，不但是母親這個身分因人而異，更端視愛的對象是誰而有所不同，以呼應冰心自己晚年主張的「母愛具有階級性」[11]。由於身處有樣學樣的童養環境裡，冰心以目中無人的囂張口吻，塑造出弟弟們「抓了她滿臉血痕，還不領情邊罵：『妳也配出來勸我們，趁早躲在廚房裡罷，我媽起來了，又得挨一頓打！』」[12]蠻橫愛告狀的助虐小暴君

業公司，2019年），頁69。
8　冰心，〈最後的安息〉，《冰心全集》第一冊，頁82。
9　聖嚴法師，《菩薩行願──觀音、地藏、普賢菩薩法門講記》（臺北：法鼓文化，2020年），頁217。
10　申丹、王麗雅，《西方敘事學：經典與後經典》（北京：北京大學出版社，2010年），頁77。
11　冰心，〈兒童文學工作者的任務與兒童文學的特點〉，《冰心全集》第五冊，頁516。
12　冰心，〈最後的安息〉，《冰心全集》第一冊，頁82。

形象，對翠兒毫不同情亦無任何手足情份可言。

翠兒的新母親掌控家庭權力，對翠兒身心採取高壓統治的管教手段。長年生活於受虐的環境的翠兒，從兒童成長為少女的生命歷程中，以敘事治療的觀點而言，翠兒早已自我壓制轉化為臣服權力底下的「順民」[13]。翠兒的童養媳身分加上命硬剋死公公的緊箍咒，讓她「意識裡存在著自卑感與不安全感」[14]，由於清楚明白知道自己的處境，為減少被虐打及挨餓受凍，翠兒總是顯得逆來順受。

阿德勒在談人性時提及：「同理心發生於一個人對另一個人講話時，如果我們不能認同對方，也就不可能瞭解對方」[15]。當冰心透過惠姑以「妳怎麼了」的同理心語調表達關心時，冰心是這樣描繪翠兒感受到被理解的心情：「心中漸漸從黑暗到光明，世上不是只有悲苦恐怖和鞭笞凍餓，雖然依舊打罵折磨，心中的苦樂和從前也大不相同」[16]。因為她有一個會告訴她新奇事物，帶糖果餅乾與玩具共享，會安慰同理並真正關心她處境的好朋友惠姑。

冰心藉由惠姑父親的看法提出：「鄉下人沒有受過教育，自

---

13 麥克懷特提及傅柯的權力運作概念及圓形監獄，兩者都涉及權力統治運作。當人被權力統治壓制時，為求生存，會成為柔順的身體（docile bodies）。換句話說，就是順民的概念。麥克・懷特及大衛・艾普斯頓合著，廖世德譯，《故事・知識・權力——敘事治療的力量（全新修訂版）》，頁112-116。
14 依阿德勒所言：人類的意識普遍存在著自卑感（不適感）與不安全感。這種感覺形成一種誘因，促使我們找尋更理想的方法來適應環境，會逼得我們設法把所有不利於人類生存與發展的外在條件去除或減至最低。阿爾弗雷德・阿德勒著，林曉芳譯，《阿德勒談人性》（臺北：遠流出版事業公司，2016年），頁61。
15 阿爾弗雷德・阿德勒著，林曉芳譯，《阿德勒談人性》，頁95。
16 冰心，〈最後的安息〉，《冰心全集》第一冊，頁83。

然就會生出像翠兒她婆婆那種頑固殘忍的婦人」[17]。認為翠兒婆婆沒有受教育，才導致虐待事件發生的見解，冰心所提的觀點以現代眼光思考及實務事件而言，不盡然是正確的。以2018年的數據顯示[18]：家內兒童少年保護案件來看女性施虐者的教育程度，其中國小以下教育程度的施虐者有91人；國中教育程度的施虐者有294人；高中職教育程度的施虐者有442人；大專以上教育程度的施虐者有210人。由這些數據資料說明，教育程度高低與是否會施虐無明顯相關。可見冰心認為受教育就不會施虐其實是個迷思。透過書寫翠兒的童養媳遭遇，冰心展現她對弱勢女性及兒童的關注，顯見她具有現代觀的兒童少年保護意識。

二、怡萱的愛慕信

冰心的〈是誰斷送了你〉，講述的是「女性受教育的權利和戀愛自由」[19]的故事。最後卻發展成少女怡萱因為收到愛慕信，卻遭父親「嚴厲訓斥制裁，精神失常失去性命」[20]的悲劇事件。透過冰心的敘述，怡萱能去上學的原因要歸功於「叔叔的意思」[21]。冰心描繪的言外之意包含兩層意義。首先就是怡萱叔叔思想開明，其次

---

[17]　同上，頁84。

[18]　衛生福利部統計處，〈3.5.11兒童少年保護-施虐者教育程度別分〉，載於：https://dep.mohw.gov.tw/dos/cp-2985-14090-113.html（最後瀏覽日：2021.09.02）。

[19]　韓立群，《現代女性的精神歷程：從冰心到張愛玲》（北京：中國人民大學出版社，2013年），頁54。

[20]　同上，頁55。

[21]　冰心，〈是誰斷送了你〉，《冰心全集》第一冊，頁135。

就是怡萱叔叔支持女性讀書就學這件事。依敘事治療的「迴響團隊（reflecting team）」[22]概念而言，叔叔的確發揮迴響團隊的影響力，積極鞏固怡萱女學生的新身分及去上學的新敘事。

關於怡萱唸書的事，冰心筆下描寫的父親心態是：「萱兒，你這次上學，是你叔叔的意思。……本來女孩兒家，哪裡應當到外頭去念書」[23]？這些話顯現出怡萱父親是在被動的情況下，同意怡萱讀書。如果不是叔叔堅持，怡萱父親並不認為女孩有出門上學的必要，更不認為上學是女性該擁有的權利。冰心敘述怡萱父親以耳提面命的語氣提醒說：「學問倒不算一件事，一個姑娘家只要會寫信，會算帳，就足用了。最要緊的千萬不要學那些浮囂的女學生們，高談『自由』、『解放』、以致道德墮落，名譽掃地，我眼裡實在看不慣這種輕狂樣兒！」。[24]在怡萱父親眼裡，他將上學的意義解讀為會寫信、會算帳就好。倘若因為念書，進而瞭解自由解放的觀念而高談闊論，這對怡萱父親而言，女孩子出門讀書則是一件會惹麻煩，甚至完全不必要的事情。

冰心塑造的怡萱形象是性情穩重，功課好，深受同學及師長們喜愛。這一切都因一封陌生人寄到家裡的仰慕信有了變化。冰心以膽戰心驚的口吻，描繪怡萱收到愛慕信時的心路歷程：「這封信倘

---

[22] 所謂迴響團隊主要指的是敘事治療方法的其中一種核心策略，使人們得到受自己重視的群體的認同。迴響團隊據此原則，以獨特的團隊對話形式，為故事主人翁的新生故事及身分，提供獲得承認（acknowledge）及豐厚（thickening）的對話脈絡。尤卓慧、岑秀成、夏民光、秦安琪、葉劍青、黎玉蓮合編，《探索敘事治療》（新北：心理出版社，2017年），頁27、35-37。

[23] 同註21。

[24] 同上。

若給父親接到，自己的前途難免就犧牲了。父親要再疑到自己在外面，有什麼招搖，恐怕連性命都難保！這一次是萬幸，以後若再有信來，怎麼好」[25]！想不到只是一封信，除了犧牲學業外，竟然會引發連性命都難保的聯想，可見怡萱父親對子女的管教肯定是嚴厲無比，甚至達到冷酷的地步。讓身為親生女的怡萱「養成容易擔心受怕膽小懦弱悲觀的自卑感」。[26]並且在高壓教育下，怡萱早已養成萬事服從的順民性格。

　　怡萱深怕父親發現有人寫愛慕信給她的事。冰心以驚弓之鳥的筆觸，形容怡萱焦慮不堪的心境：「自己哭了半天，勉強吃了午飯……從這時起，非常不安，一聽見郵差叩門，她的心便跳個不住，成天裡寡言少笑」[27]。依Bowen家庭系統理論（Bowen Family System Theory）的「核心家庭是一個情緒單位，而非個人」[28]的論點來觀察，怡萱的焦慮感也擴散開來影響到母親。冰心以憂愁的語氣敘述母親的話：「不必太用功了，求學的日子長著呢，先歇歇日子再說」[29]。終究愛慕者邀請怡萱約會的仰慕信不但還是被父親發現，甚至連母親也知道了，此刻起便遭父親嚴厲訓

---

[25]　同上，頁136-137。
[26]　依阿德勒說法：有自卑情結的悲觀主義者，遇到困難時感受特別深刻，也比較容易喪失勇氣，缺乏安全感讓他們很痛苦。這種人過於謹慎，往往很膽小，容易受驚嚇。悲觀主義者時常擔心可能即將發生什麼危險。這樣的人自然晚上睡不好。阿爾弗雷德‧阿德勒著，林曉芳翻譯，《阿德勒談人性》，頁214。
[27]　同註21，頁137。
[28]　Dr.Roberta Gilbert著，江文賢等譯，《Bowen家庭系統理論之八大概念：一種思考個人與團體的新方式》（臺北：秀威資訊科技公司，2014年），頁14-15。
[29]　同註27。

斥，同時宣告停止她去學校，遭受父親斷然剝奪她上學權利的制裁。自覺深受委屈的怡萱，面對這個打擊，引發精神失常最終導致死亡。

這一封來自陌生男子的愛慕信，以人性角度而言，阿德勒提及愛情與婚姻觀時談到「年輕人面對愛情是至關重要的問題」[30]。因此遇到意中人傾訴好感是屢見不鮮的事。但是怡萱家裡建構的家庭氛圍卻不允許這樣的事發生。誠如余德慧「默會樹」[31]的隱喻所言，在「父親經營的家裡，家理（家的道理情義）就是一片天，一片地，一片理所當然。要打破這一片父親經營的理所當然，勢必十分困難」[32]。因此怡萱的仰慕信成為釀成這齣悲劇的導火線，而冰心形塑她那專制不可溝通的父親，無形中迫使怡萱一路從生病失常到邁向死亡，親手葬送她的一生。

透過描寫被壓迫的女性，不論是童養媳翠兒、少女怡萱，她們身處高壓統治的環境中，面對強勢的操控者卻無法脫困，這是何等無奈悲哀。冰心也藉此表達對弱勢女性的關懷。

---

[30] 阿德勒著，吳書榆翻譯，《阿德勒心理學講義》（臺北：經濟新潮社，2015年），頁196。

[31] 依余德慧看法：默會樹是一種隱喻。父親是樹頭，母親是樹幹（或者反過來，母是根，父是幹），兒女們是樹枝，大家連著一個共同的源頭，凡事變成默默地領會。余德慧，《生命夢屋》，頁124。

[32] 同上，頁123-124。

第二節　貧窮生命的敘事

一、不長眼的子彈

冰心的〈三兒〉，描寫的是一個名叫三兒的貧苦孩子因為不識字，為了生計卻無辜喪命的故事。冰心以熟悉的童年軍營生活為場景，將軍人、靶場、子彈納為故事範疇，藉由〈三兒〉表達對單親家庭與弱勢兒童的「友善態度」[33]與關照。三兒在冰心的型塑下，他的拾荒兒形象是：「背著一個大筐子，拿著一個帶鉤的樹枝兒，歪著身子，低著頭走著，天色已不早了，再拾些破紙爛布，把筐子裝滿了，就好回家」[34]。貧窮的三兒每天的拾荒日課，就是將破布破紙撿好撿滿，裝在簍子裡帶回去變賣。這些破爛幾乎沒有什麼經濟價值，對三兒和母親這個單親家庭的生活改善程度十分有限。

當生活在軍營附近的三兒，看到了子彈，眼睛頓時為之一亮。冰心以這句「這彈子撿了倒可以賣幾個銅了，比破紙爛布值錢多了」[35]，道出三兒的心聲，分析貧窮人家為了生存，就算冒險撿子彈都願意的悲哀。就像冰心自己敘述她的曾祖父，「逃」到福州城裡學裁縫一樣，同樣都是為求生存。雖然三兒的「子彈」連結希望，然而「值錢」這兩個字，象徵的卻是壓在貧窮人家肩上心頭的

---

[33] 蕭鳳，《冰心評傳》（北京：中國社會出版社，2006年），頁90。
[34] 冰心，〈三兒〉，《冰心全集》第一冊，頁139。
[35] 同上，頁139。

千斤萬擔。代表的是連基本溫飽都是無力負荷的生存壓力。「子彈」與「值錢」這兩個隱喻,都是貧窮的三兒,生命中不可承受之重。

貧窮不只容易「使人陷入自卑」[36]的泥淖,更容易讓人無視。靶場上的官兵視線所及,眼底容得下的只有標靶,容不下的是三兒這個不存在的隱形人。直到三兒嚇醒眾人的中彈哀號,才讓人注意到三兒「連人帶筐,打了一個迴旋,倒在地上」[37]。撿破爛維生的三兒,只不過是為了撿子彈多賣點錢,連命都沒了。

冰心以悲痛哭泣的語調,描繪三兒母親的心情:「從地上抱起面如白紙的三兒,前襟的破孔裡,不住的往外冒血。……我們孩子不能活了!你們老爺們償他的命罷」[38]!這是一個單親母親絕望無助的哀求,卻不被接納。冰心以諷刺的口吻敘述小軍官的反應,「這牌上不是明明寫著不讓閒人上前麼?你們孩子自己闖了禍,怎麼叫我們償命?誰叫他不認得字」[39]!「冷笑」、「刺刀」、及「告示牌」,建構出冷漠的,上對下的階級感。因為有告示,就代表你要懂,「不認得字」成了被指控的最佳藉口。冰心沉重的「不認得字」,承載了社會底層難以翻身的弱勢壓力。三兒媽媽哭求無助,心裡悲苦萬分。

冰心描寫軍方想息事寧人的做法,透過兵丁的口說出「這是

---

[36] 周志建,《故事的療癒力量:敘事、隱喻、自由書寫》,頁41。
[37] 同註34。
[38] 同上,頁140。
[39] 同上。

二十塊錢，是我們連長給你們孩子的」[40]！這二十塊錢，充滿嗟來食被睥睨的滋味。氣若游絲的三兒知道，這二十塊錢對家裡的重要性，無論如何也要將錢交給媽媽。冰心刻劃出這個血淚場景：「三兒睜開眼睛，伸出一隻滿血的手，接過票子來，遞給他母親，說『媽媽給你錢……』，就在他媽媽一面接時，三兒已經死了」[41]。三兒母親經歷「喪子是人生最大的失落與悲傷」[42]的「喪慟（bereavement）」[43]狀態，悲痛至極的情緒讓他媽媽不禁號啕痛哭起來。

　　冰心這篇小說筆下冷漠無情的小軍官，有別於她在其他作品中刻畫的軍官形象。而她形塑的貧窮拾荒兒三兒，是個「小小年紀卻能安慰媽媽的漢子」[44]。孝順的三兒不是在拾荒，「簡直就在飢餓線上賣命」[45]。冰心「揭露了舊社會的殘酷」[46]。未曾受教育不識字的三兒，他為了撿破爛生存，身受其害，付出昂貴的生命代價。冰心藉此表達對底層社會深受貧窮與不識字之苦的同情與理解。

---

[40] 同上。
[41] 同上。
[42] 李玉嬋、李佩怡、李開敏、侯南隆、張玉仕、陳美琴合著，《導引悲傷能量──悲傷諮商助人者工作手冊》（臺北：張老師文化事業公司，2019年），頁222。
[43] 同上，頁28。
[44] 蕭鳳，《冰心評傳》，頁90。
[45] 范伯群、曾華鵬，《冰心評傳》（北京：人民文學出版社，1983年），頁40。
[46] 同上，頁39。

二、邊緣人的福和

冰心的〈一個不重要的兵丁〉，敘述的是一個「農民出身的淳厚士兵，總會主動代同伴償還「債務」。大家都拿他當作笑話看。最後他因為勸阻同伴毆打老百姓卻被誤傷，最終死去」[47]的故事。

敘事治療關注人們「我是誰」[48]的身分問題。「我是誰」決定人們故事的走向，並牽動解構後的故事發展。

同時看出是人們如何理解自己。在福和的生命敘事當中，福和的「文本視框」[49]是這樣的：首先福和父親死後剩下的幾畝地，他大哥和二哥瓜分著種，完全漠視他的存在。大哥怕他在家吃閒飯，就叫福和去從軍。當兵練軍歌又常常因為一字不識字受長官責罰。還經常主動幫同伴代還債務。在家人眼裡福和是個吃閒飯的人，在部隊同袍眼裡福和是個傻瓜笑話。由福和的自我敘事，可以看出他的生命經驗是「塞滿問題的故事（problem-saturated stories）」[50]。帶入敘事治療核心思想中，將問題外化的觀念，把福和的人本身與福和遭遇的問題分開，辨別人是人，問題是問題，福和才有可能走

---

[47] 范伯群、曾華鵬，《冰心評傳》，頁42。
[48] 尤卓慧、岑秀成、夏民光、秦安琪、葉劍青、黎玉蓮合編，《探索敘事治療》，頁21。
[49] 麥克・懷特及大衛・艾普斯頓合著，廖世德譯，《故事・知識・權力──敘事治療的力量（全新修訂版）》，頁46-47。
[50] 同註48，頁22。

出「有瑕疵的故事」[51]，找尋生命裡不同的溫暖，化為新故事的亮點。

　　福和充滿問題的敘事中，冰心是這樣一一描寫出福和不開心的過去經驗，好比：「他舅舅背地裡和他說：『福和，你父親的地，怎麼沒有你的份兒？你應當和你哥哥們理論，理論』」[52]。又好比福和「常常抽空去看生病的同伴，耽誤學習注音字母的機會，屢次遭受鞭打，同伴們都笑他」[53]。還有軍中同伴「白吃果攤的東西，白坐車子，他看著擺攤的和車夫的為難，他替人家還錢。他舅舅來和他要錢，他手裡沒有，老實說，卻被他舅舅氣得打一頓。禮拜天同伴拉他聽戲去，半路上他卻要站住聽「救世軍」的演講。人人都拿他當作笑話看」[54]。這些經驗都使福和的生命敘事黯淡無光，貼上失敗者的標籤。

　　灰色陰暗的故事對福和來說，不僅阻礙他的行動能力，更會引領他走向徬徨無助的未來。冰心敘述福和對家的依戀：「領了餉，放假回家去，還帶著穿剩的軍衣和靴子，都交哥哥和嫂子。回家後依舊挑挑水，抱抱侄子，收假時候到了，才依依不捨，看著哥哥嫂子冷淡的臉，告辭了一聲，繞著父親的墳兒，又回到營裡去」[55]。福和的哥哥嫂嫂毫不在意他是否回家相聚。

---

[51] 洛爾著，賴俊達譯，《人生‧要活對故事》（臺北：天下遠見出版公司，2010年），頁30。
[52] 冰心，〈一個不重要的兵丁〉，《冰心全集》第一冊，頁312。
[53] 同上。
[54] 同上，頁313。
[55] 同上。

　　同樣的，冷漠無光彩的經驗也刻畫在軍中生活中。他看見軍營的同伴，正打著一個賣花生的孩子。連忙上前阻止，自己身上，早被踢了好幾腳，等孩子走遠他才放手。他面色慘白卻依舊笑著，一句話都不說，左手扶著腰，慢慢的踱回營去。冰心以打抱不平的語氣，敘述目睹同伴的心聲與福和的對話：「你怎麼不賭一賭氣？難道為著公道，白挨幾腳？」他反而勸同伴說：「罷了！當人生氣的時候，哪能管得住自己？他也不是成心，那天的事，不必再說了」[56]。後來福和病了，福和他二哥進城來，順道來看他。走的時候，他席底下放著買膏藥的一塊錢，也不見了，他心裡明白。同伴要替他買藥時，他只說：「好得多了，不買也可以。」他有時出來曬太陽，和經過的同伴說說笑笑，精神很委靡，他卻依舊是那般喜歡。「逆來順受的性格」[57]，造就福和的順民特性讓他沒有絲毫抱怨。

　　冰心敘述福和回家養傷的場景說：「他回家時，侄兒跳起來接他，嫂子只微微歎了一口氣說『他又回來了』！他只能躺著，也不能挑水放驢了。侄兒常在旁邊坐著，聽他說城裡的事。他哥哥在外面叫他侄兒說：『你出來罷，你叔叔是癆病，仔細招上你』！這時他更寂寞了，只從紙窗的破孔中，望著他父親的墳」[58]。最終不抱怨的福和，在新生命敘事出現前就死了。冰心在作品中表現出福和邊緣人的特性，結尾敘述：「他是一個不重要的軍人，沒

---

[56] 同上。
[57] 范伯群編，《冰心研究資料》，頁280。
[58] 同註52，頁314。

有下半旗，也沒有什麼別的紀念，只從冊上勾去他的名字」[59]。冰心寫這篇小說就像是在他墳墓黃土上，「豎起一塊莊嚴靜穆的紀念碑」[60]。福和是一個出身農家不識字的孩子，為了有口飯吃去當兵。在部隊中老被責罰沒有存在感，總被當傻瓜看。不僅幫同伴代償債務，還勸架卻被打傷。生病後回到他戀戀不捨的家，滿腦子錢的哥哥嫂嫂，因為他再也無法賺錢，連家務都幫不上忙，又怕被染病的他傳染，早已經當他是個邊緣人。

三、跌價的中交票

冰心的〈莊鴻的姐姐〉，敘述的是因為「中交票」[61]的跌落，加上教職員工的薪水被拖欠，導致故事主角莊鴻的家庭發生經濟困難，於是只好犧牲莊鴻的姊姊，讓她輟學，最後卻憂鬱而死的故事。

在莊鴻眼裡，姐姐在學成績優異，莊鴻敘述說：「她們學校裡的教員，沒有一個不誇她的，都說像她這樣的材質，這樣的志氣，前途是不可限量的」[62]。冰心筆下透過莊鴻的眼，以「沒有一個不誇她」、「這樣的材質」、「這樣的志氣」的肯定讚賞的語調，形

---

[59] 同上。
[60] 范伯群、曾華鵬，《冰心評傳》，頁42。
[61] 中交票：解放前中國銀行與交通銀行發行的鈔票。魯迅《燈下漫筆》曾寫到：我還記得那時我懷中還有三四十元的中交票，可是忽而變了一個窮人，幾乎要絕食，很有些恐慌。魯迅，〈燈下漫筆〉，《魯迅散文詩歌全集》（北京：北京燕山出版社，2011年1月），頁193。
[62] 冰心，〈莊鴻的姊姊〉，《冰心全集》第一冊，頁60。

塑出莊鴻的姐姐課業成績不凡的形象。而莊鴻的姐姐也以充滿自信的口吻，向弟弟莊鴻表示：「我們兩個人將來必要做點事業，替社會謀幸福，替祖國爭光榮。你不要看我是個女子，我想我將來成就，未必在你之下」[63]。

冰心藉由「我們兩個人將來必要做點事業，替社會謀幸福，替祖國爭光榮」的文字表述，傳達出作事業與對國家社會貢獻心力，謀求榮耀，並非男性專屬。

而「你不要看我是個女子，我想我將來成就，未必在你之下」其背後代表的是女性在職場一樣可以擁有一片天，而社會對女性的友善度有多高多大，女性職場的這片天就有多高多大。但是好景不常，莊鴻與姐姐兩個人自父母雙亡後，就由祖母和叔叔撫養。全家生活重擔都落在擔任小學教師的叔叔身上。叔叔考量通貨膨脹引發中交票貶值，加上薪資月月被拖欠，祖母又年老的情況下，向大家提議：「姐姐不必去念書了，一來幫著做點事情，二來也節省下這份學費」[64]。莊鴻以婉惜的語氣對叔叔說：「像我姊姊這樣的材質，拋棄了學業，是十分可惜的。若是要節省學費的話，我也可以不去……」[65]。冰心透過莊鴻口中「像我姊姊這樣的材質，拋棄了學業，是十分可惜的」的語句，展現的是惺惺相惜的體恤，與姐弟情深的手足情懷。

但是祖母卻認為：「你姊姊一個姑娘家，要那麼大的學問做什

---

[63] 同上。
[64] 同上。
[65] 同上。

麼？又不像你們男孩子，將來可以做官，自然必須唸書。並且家裡又實在沒有餘款，你願意叫她念書，你去變出錢來」[66]。關鍵點就在「一個姑娘家，要那麼大的學問做什麼」的話語裡。主要是當時男尊女卑的主流意識，認為女性有無學問都是無關緊要的事。在這樣的社會文化脈絡下，莊鴻的姐姐就成為受教權被剝奪的優先對象。

而男孩子值得栽培念書的價值，是設定在「男孩子，將來可以做官」的刻板印象上。因此念書有沒有價值，就由掌控經濟力的決定者來決定。於是莊鴻的姐姐因為性別，加上家中經濟緊縮，面臨即將斷炊的窘境，於是只能犧牲自己讀書的權利，被迫成為中輟生，導致喜愛讀書有苦說不出的姊姊，最後卻憂鬱而死。貧窮不應該成為淹沒女性受教育權利的土石流。

第三節　知識貶值的言說

一、不值錢的副教授

冰心的〈萬般皆上品……──一個副教授的獨白〉講述的是，因為副教授的薪資待遇太低，他的兩個孩子高中畢業後，決定不再升大學，而寧願去開出租車，與當餐館服務員的故事。

冰心藉由副教授的兒子小魯的口，點出他不願意升大學的原

---

[66] 同上，頁60-61。

因，小魯告訴父親：「媽媽教了二十多年的小學，現在病得動不得
了，她教書的那個學校，又出不起醫藥費，她整天躺在床上，只能
靠您和我們下了課後來伺候她。……您呢，兢兢業業地，教了三十
年的大學，好容易評得個副教授，一個月一百一十六塊錢工資！開
門七件事什麼都要錢買，不向錢看行嗎？您不要再『清高』了，
『清高』當不了飯吃，『清高』當不了衣穿，『清高，』醫不了母
親的病」！冰心採連續四次的「清高」為敘述主語，以「您不要再
清高了」，「清高當不了飯吃」，「清高當不了衣穿」，「清高醫
不了母親的病」，來強調副教授雖然有受人羨慕的社會地位，但是
以薪資待遇來看，僅能維持日常生活，至於額外遭遇生病，必須支
付的醫療費、看護費等，對副教授來說幾乎是沉重的負擔。

　　副教授的兒子小魯向父親分析：「我上了大學又有什麼用，
一個月就要花您五六十塊錢的飯費和零用，這還不算，就是畢業
出來，甚至留校教書，結果還是和您一樣」[67]。小魯認為父親「教
了三十年的大學，好容易評得個副教授，一個月一百一十六塊錢
工資」，上大學每月還得靠父親撫養「花五六十塊錢的飯費和零
用」，扣除生活所需已所剩不多，難怪母親的醫療費與看護費都成
問題。因此小魯認為唸大學無助於改善家計，對醫治母親的病，也
絲毫起不了作用，所以升大學完全不值得，一點都不實際。

　　小魯又向父親繼續分析上大學的利弊得失說：「我去開出租汽
車，一個月連工資、獎金帶小費，要比您這個副教授強多了。我

---

[67]　冰心，〈萬般皆上品……──一個副教授的獨白〉，《冰心全集》第七冊，
　　頁67。

不上大學了，為著我們一家能過好一點的日子，我決定去開出租汽車了……」[68]。冰心以殘酷的語氣帶出「開出租汽車，一個月連工資、獎金帶小費，要比您這個副教授強多了」的無奈畫面，這些話聽在副教授耳裡，縱使刺耳卻是不得不面對的事實。

接踵而來的衝擊是來自副教授他的女兒小菲。和哥哥小魯有相同看法的小菲，也趁機向父親分析自己不上大學，改當服務員的利弊得失說：「爸爸，您聽，我的在一個餐館當服務員的同學們都勸我，說我的身材好，年紀輕，文明禮貌方面更不必說。我去當餐館服務員，連衣服都不用愁，有高領旗袍和高跟皮鞋穿，收拾個房間，端個盤子什麼的，都會幹得出色。我每月掙的不會比哥哥少，也許還會有外匯券呢。我們一家每月有了五六百塊錢，媽媽的病也好治了，阿姨也好請了，您還教您的書，就算是消磨日子。過您的教授癮吧」[69]！冰心以「您還教您的書，就算是消磨日子。過您的教授癮吧」的無奈語氣，形塑出「教授」在經濟上淪為弱勢的淡淡哀傷。女兒小菲認為就業後，以「我們一家每月有了五六百塊錢」的收入，就足以解決「媽媽的病」，「請看護阿姨」，「父親仍然可以教書，過教授癮」的難題。由於為了整體家計，為了幫媽媽，為了幫爸爸，為了幫「我們整個家」，因此女兒小菲願意接受，「收拾個房間，端個盤子」的服務員工作。

但是作父親的副教授，聽完一雙兒女的就業規劃，雖然對孩子想方設法改善家計深受感動，但是在他心裡也掀起餘波盪漾，不得

---

[68] 同上，頁68。
[69] 同上。

不承認兒子小魯與女兒小菲，之所以放棄升大學的機會，完全是因為目睹母親無法獲得好的醫療照顧。而無法獲得好的醫療照顧的原因只有一個，就是家中經濟並不寬裕。在兒女們看來，所謂的「副教授」職銜，只是讓父親「過教授癮」的虛名。卻不是醫治照顧母親的「實用處方」。

在現階段急需用錢又缺乏更好的解決方法之前，也只能被動接受孩子們的就業方案。低薪的現實讓副教授思量：「『萬般皆上品，唯有讀書低嗎』？，他心頭翻湧著異樣的滋味」[70]。現實生活裡讀書一點作用都沒有，救不了自己的生活，難怪孩子會有這麼務實的選擇。

實際上這篇〈萬般皆上品……──一個副教授的獨白〉的文本刊登，還歷經了一個曲折的刊登過程。陳恕以「轟動京城的小小說」[71]，來形容這個過程。這一篇作品是冰心1987年7月13日完成，1987年7月25日刊載在《北京晚報》。

依據陳恕記載：「當時報社領導剛剛收到有關上級文件，要求不要多登知識分子問題的文章。晚報負責人準備抽掉這篇小說，在編輯堅持下，刪去了有關物價上漲等內容」[72]，後來報社才同意刊登。冰心這篇文章觸動教育界低薪的現實禁忌，對報社來說成了燙手山芋。文章刊出後收到不少讀者來信。其中有封讀者來信是中國人民大學哲學系副教授齊長路寫的，陳恕敘述信件內容說：「冰心

---

[70] 同上。
[71] 陳恕，《冰心全傳》（北京：中國青年出版社，2011年），頁416。
[72] 同上。

老人，您可敬可佩，敢於在我們的國家、民族說幾句逆耳之言！很希望能在這方面看到您更多的有益工作！如果這真的能打動一些人的心，那豈不甚好！謝謝！不是代表知識界，而是為我們的國家和民族」[73]。這是年近九旬的冰心，將書寫真話的觀點，落實在文章中並指出關鍵點，而引起讀者的迴響與肯定。

對於自己的文章被刪改，冰心吐露自己的心聲說：「這是我六十年創作生涯中所遇到的第一次『挫折』。據說是『上頭』有通知下來，說是不許在報刊上講這種問題。若不是因為組稿的編輯據理力爭，說這是一篇小說，又不是報告文學，為什麼登不得？此後又刪了幾句刺眼的句子，才勉強登上了」[74]。這是冰心創作以來，首次遭遇到只因不符官方的要求，文章就被任意刪改的惡劣經驗。由此可見冰心認為從來教育都是國家強盛的根本，要重視教育，更要重視從事教育的老師，以及教師的待遇，才能留住人才進一步有力量的提升國力。

二、落價的學問

冰心的〈落價〉，敘述的是原本在宋老師家幫忙家務的小方，離開宋老師家後去當售貨員，因薪水比宋老師高，讓小方覺得學問和破爛這兩樣東西都是同類，不但一點用處都沒有，也不值錢的故事。

冰心以「宋老師家幫傭老阿姨」做為開場人物，因為要回家鄉

---

[73] 同註71。
[74] 冰心，〈我請求〉，《冰心全集》第七冊，頁85-86。

幫兒子辦理婚事，就推薦了姪女小方在宋老師家裡幫傭，頂替她的
工作。「二十歲左右，面黃肌瘦，衣衫襤褸的姑娘」[75]是宋老師對
方玉鳳的初次印象。

　　冰心筆下的宋老師一家人口單純，只有宋老師以及她女兒小
真。經過一段時間的相處，宋老師認為：「小方在這個簡單的家庭
裡，似乎又得到了和睦融洽的「家」的滋味。小真總把自己的衣
服，一年四季給小方換上。她倆就像姐妹一樣親近，每天晚上小真
還教她英語、數學等，鼓勵她去考中專」[76]。冰心以「她倆就像姐
妹一樣親近，每天晚上小真還教她英語、數學等，鼓勵她去考中
專」的語句，展現小方在這個溫馨的「家」中，受到的生活照顧，
並享受到「家」的天倫之樂，連學業都受到宋老師的女兒小真的專
門指導，甚至鼓勵小方繼續往升學邁進。

　　忽然有一天小方以「很難為情」地語氣告訴宋老師說：「有個
鄉親介紹她到麵鋪當售貨員，每月有一百九十元的工資，獎金另
計。……我真是捨不得離開你們，可是若我想上學，不攢一點學費
不行……」[77]。冰心以「每月有一百九十元的工資，獎金另計」的
金額，點明當售貨員的薪資待遇，可以讓小方以較快速度累積上學
的學費。因此宋老師和小真母女都同意也替小方高興。告訴她就去
吧，有空就常回來走走。冰心以「在宋老師家兩年，她已經豐滿光
鮮得多了」的狀態與之前宋老師初見小方的「二十歲左右，面黃肌

---

[75]　冰心，〈落價〉，《冰心全集》第七冊，頁145。
[76]　同上。
[77]　同上，頁145-146。

瘦，衣衫襤褸的姑娘」的狀態做對比，塑造小方在宋老師家受到
「視同家人般」的良好生活待遇。而這句「這時再穿上顏色鮮豔的
連衣裙，更十分漂亮」的描寫，顯現出小方的工資收入，讓她有餘
裕吃飽穿暖之外，還能買好看的衣飾打扮自己，讓自己對外貌更有
信心。

　　當小方每次來探望宋老師與小真母女，都帶著新鮮的水果、豆
腐等。並笑著告訴宋老師母女說：「我工資比你們都高，這點東
西算不了什麼」[78]。這句「我工資比你們都高，這點東西算不了什
麼」凸顯的是原本受宋老師母女照顧的小方，現在經濟已經獨立，
可以反過來照顧宋老師母女。

　　甚至小方在送了一台收音機給宋老師的時候，告訴宋老師說：
「這收音機才十八塊錢，不到我工資的十分之一，你們早晨起來
聽，『新聞和報紙摘要』，不比訂那些報紙強嗎？以前我每次到郵
局去替您訂這個報、那個報的，我都覺得很浪費！其實那些報紙上
頭登的都是一樣的話」[79]。而這句「這收音機才十八塊錢，不到我
工資的十分之一」的話語，突顯出小方購買收音機這件事，對她的
收入而言，相對花費的比重很低，不需要縮衣節食才能購買，並不
會造成經濟上的任何不便或是障礙。

　　而宋老師一邊賞玩著那架小巧的收音機，一邊笑著回應小方
說：「報紙上也不盡是新聞，還有許多別的欄目呢。而且幾份報紙
看過了，整理起來，也是一大摞，可以賣給收買破爛的，不也可以

---

[78] 同上，頁146。
[79] 同上。

收回一點錢」[80]？當故事進行到這裡時，小方立刻出現，小方打斷了宋老師的話，她告訴宋老師說：「您不知道，『破爛』，才不值錢呢！現在人人都在說，一切東西都在天天漲價，只有兩樣東西落價，一樣是『破爛』，一樣是『知識』……」[81]。宋老師的心猛然往下一沉，心想：「和破爛一樣，我們是落價了」，這我早就知道」！[82]這對宋老師來說，多年學習的知識，瞬間與「破爛」淪為同級品，真是情何以堪。

　　冰心以「宋老師」、「宋老師的女兒小真」、「小方」三個人物作為故事的主架構，以三人之間的互動及對話，帶出金錢與學問，在現實社會應用與理想上的差距，以及社會對金錢與學問的實際看法。這故事是「呼籲知識分子的社會地位與價值問題」[83]，是用諷刺手法，寫出當不需高深知識的售貨員的工資，都比有學問的老師賺的多，還可拿獎金分紅時，誰還想去念書，以求擁有像破爛般不值錢的知識？由於當時代是直接用金錢來判斷知識的價值，當知識被秤斤論兩換算成可以換得多少酬勞時，酬勞就成為當時社會大眾評估，讀書取得學問是否值得的標準了。

---

[80]　同上。
[81]　同上。
[82]　同上。
[83]　張衍芸，《春花秋葉》（福州：海峽文藝出版社，2011年），頁65。

第四章 大我的失落

　　本章主要討論的是冰心如何書寫大我的失落。從巴黎和會的失敗引發出五四愛國運動的海嘯，抵抗日本的殖民主義開始，當時人們無一不籠罩在國家腐敗頹廢，國家戰力薄弱的烏雲中。這樣強烈國破家亡的感受，深深震攝所有人們的心。而冰心從五四運動開始，看到社會一片要求保守的舊社會舊家庭要走向改革。加上許多滿懷熱血與理想的知識份子，一心想運用所學報效國家，卻鎩羽而歸，正如同帶著大我的失落，這顆時代的印記同行。因此主要分成三個面向探討，首先探討的是五四的巡禮，其次探討的是零餘者的敘事，再者探討的是抗戰的敘事。藉由梳理這些部分，我們可以使用敘事治療的觀點，看待冰心如何書寫出人們受到的創傷與艱辛，並透過自我敘事的文本，展現生命經驗的再書寫，尋找出生命的新亮點。

第一節 五四的巡禮

一、五四的主流敘事

　　1919年5月4日的「五四運動」[1]源自於「日本在國際和會要求

---

[1] 　周策縱認為：五四運動是一個複雜現象。它包括新思潮、文學革命、學生運

併吞青島，管理山東一切權利」[2]，激發北京13所學校三千多名學生在天安門前集合，表達「愛國意思」[3]的示威抗議活動。當日遊行隊伍前往北京東交民巷使館區「遞交請願書受阻後，火燒趙家樓並痛打章宗祥，導致軍警鎮壓逮補32名學生」[4]。代表起草當天宣言的羅家倫，自述宣言的主要訴求為「外爭主權內除國賊」[5]。提及五四運動的命名，羅家倫是這樣敘述的：「在《每周評論》裡，用『毅』的筆名，寫了一篇講五四運動的意義的短文，就明白指出五四運動不當是專指五四那天發生的那件事，和曹章陸的罷免與巴黎和約的拒簽，而當認為的是新文化意識的覺醒、青年的覺醒、與廣大民眾的覺醒」。[6]羅家倫所謂「講五四運動意義的短文」，

動、工商界的罷市罷工，抵制日貨運動以及新知識分子所提倡的各種政治和社會改革。周策縱著，楊默夫譯，《五四運動史》（臺北：龍田出版社，1983年），頁5。

[2] 李瑞騰、莊宜文合編，《羅家倫與五四運動（史料篇）》（桃園：中央大學出版中心，2019年），頁26。

[3] 陳平原、夏曉虹合編，《觸摸歷史：五四人物與現代中國》）北京：北京大學出版社，2010年），頁19。

[4] 歐陽軍喜，《歷史與思想：中國現代史上的五四運動》（福州：福建教育出版社，2009年），頁28。

[5] 關於五四運動宣言當天的寫作背景，羅家倫（1897-1969）自述說：「上午十點我從城外高等師範學校回到漢花園北京大學新潮社，同學狄福鼎（君武）推門進來，說是今天的運動，不可沒有宣言，北京八校同學推北大起草，北大同學命我執筆。我見時間時間迫促，不容推辭，乃站著靠在一張長桌旁邊，寫成此文。交君武立送李辛白先生所辦的印刷所印刷五萬份。結果到下午一時，祇印成二萬張。此文雖然由我執筆，但是寫時所凝結的卻是大家的願望和熱情。這是五四那天惟一的印刷品」。標題原是「北京全體學界通告」。羅家倫，〈五四運動宣言〉，李瑞騰、莊宜文合編《羅家倫與五四運動》，頁26。

[6] 羅家倫，〈五四的真精神〉，李瑞騰、莊宜文合編《羅家倫與五四運動（史料篇）》，頁96。另歐陽哲生認為：五四運動實際上是由啟蒙性質的文化運動和救亡性質的政治運動兩部分組成。歐陽哲生，《五四運動的歷史詮釋》（北京：北京大學出版社，2012年），頁292-293。

指的就是《五四運動的精神》這篇文章。在文章當中，羅家倫談及「命名」及「行為創舉」兩個面向。首先從文章裡可以得知，羅家倫是第一個使用五四運動這個名稱的人，他是五四運動的命名者。更指出五四運動蘊含「學生犧牲、社會制裁、民族自覺的三大精神」[7]。是行為與意識型態的創舉。

以敘事治療的觀點而言，認為「文化與社會行為也可以和人分開」[8]。因此將遊行的問題與遊行的人分開，並且通過將遊行事件命名，這個過程就是麥克懷特在敘事治療反覆敘說的「問題的外化（externalizing the problem）」[9]。換言之，問題外化就是基於「問題才是問題，反對將人視為問題」[10]的核心思考及技術應用。

同時羅家倫也認為五四運動是一種涵蓋文化面向的意識覺醒。是一種從文化到個人，從青年到普羅大眾都應該要有的意識的覺知醒悟。從此五四運動不僅一槌定音擁有自己的名字，更被賦予時代的精神意涵。

二、五四的第一篇文章

提及自己的寫作歷程，冰心敘述自己是被「五四運動電光後的

---

[7] 羅家倫，〈五四運動的精神〉，李瑞騰、莊宜文合編《羅家倫與五四運動（史料篇）》，頁28-29。

[8] 艾莉絲・摩根著，陳阿月譯，《從故事到療癒：敘事治療入門》（臺北：心靈工坊文化事業公司，2012年），頁41。

[9] 麥克・懷特及大衛・艾普斯頓合著，廖世德譯，《故事・知識・權力──敘事治療的力量（全新修訂版）》，頁28。

[10] 同註8，頁37。

一聲驚雷，震上了寫作的道路」[11]。關於親身經歷五四運動一事，冰心回憶說：「當時十九歲的我，一九一九年在北京確曾參加過五四運動，我不是骨幹分子。那時我是北京協和女子大學理預科一年級的學生，學生自治會的文書」[12]。由於冰心擔任自治會文書，應職務宣傳需要，因而開啟她第一篇文章〈二十一日聽審的感想〉的創作之路。

憶及第一篇文章的寫作背景，冰心是這樣描述這個經驗的：「法庭公審被捕的火燒趙家樓的學生的時候，我們組被派去旁聽並作記錄。宣傳組長讓我們把聽審的感想寫下來，自己找個報紙發表，以擴大宣傳」[13]。「劉律師辯護的時候，到那沉痛精彩的地方，有一位被告，痛哭失聲，全堂墜淚，我也很為感動」[14]。後來這篇〈二十一日聽審的感想〉，冰心透過任職《晨報》編輯的表兄劉放園，以白話文寫作的形式，署名女學生謝婉瑩，刊登在1919年8月25日《晨報》第7版。

從「自己找個報紙發表，以擴大宣傳」來看，表示個人擁有尋找發表刊物的主導權，這正是詮釋敘事治療觀點「支持人可以成為自己的主人，讓人成為自己生命中的專家」[15]的核心思考。也是冰心經由自由書寫，依其自主意願，不受拘束尋找發表園地，展現敘

---

[11] 冰心，〈從五四到四五〉，《冰心全集》第五冊，頁473。
[12] 冰心，〈回憶五四〉，《冰心全集》第五冊，頁462。
[13] 冰心，〈我的第一篇文章〉，《冰心全集》第六冊，頁127。
[14] 冰心，〈二十一日聽審的感想〉，《冰心全集》第一冊，頁4。
[15] 黃錦敦，《陪孩子遇見美好的自己——兒童‧遊戲‧敘事治療》（臺北：張老師文化事業公司，2012年），頁36。

事治療的美好寫照。這也是冰心首次以類記者的方式，再現開審庭
上的報導文學，是冰心踏上五四文壇起手式的文章。

三、五四經驗的再敘說

　　關於親歷五四運動的生命經驗，冰心曾經撰寫過三篇文章。依
照刊登時間的先後順序，分別為1959年5月的〈回憶五四〉。其次
為1979年5月的〈從五四到四五〉，再者為1979年9月的〈回憶五
四〉（與1959年發表過的〈回憶五四〉同名）。這些作品內涵都是
冰心表達對五四運動的紀念，屬於濃厚自我敘事性質的文本。

　　艾普斯頓和麥克懷特的敘事治療觀點，相信探索故事的意義對
人們至關重要。為此他們建立「敘事文本（narrative text）」[16]的
概念架構，認為經由「生活與經驗過程的敘說（storying）與／或
再敘說（restorying），會為人們的生活帶來活力。為自己的經驗
賦予意義，演繹自己的生命歷程」[17]。從冰心提及五四的敘事文本
中，可以明顯感受到，冰心在三次不同時空氛圍的自我敘述裡，
冰心自我心路歷程的曲折變化，與五四經驗屢次賦予冰心對生命意
義的新探索與新體會。首先，探討的是1959年5月刊登在〈人民日
報〉上的〈回憶五四〉。這是篇距離五四運動四十年後寫成的作
品。是冰心在「大躍進」[18]時期的時空背景下，以回憶的方式，敘

---

[16] 麥克・懷特及大衛・艾普斯頓合著，廖世德譯，《故事・知識・權力——敘事治療的力量（全新修訂版）》，頁31。
[17] 同上。
[18] 依彭禮賢說法，三年大躍進運動分為三個階段，1958年為「大躍進」（總

述自己如何親歷五四運動，以及五四運動與她生命中的碰撞及燦爛火花。

在〈回憶五四〉中，冰心提及受新思潮的影響時敘述說：「我最喜歡的是《新青年》裡魯迅先生寫的小說，像〈狂人日記〉等篇。尖刻地抨擊吃人的禮教，揭露著舊社會的黑暗與悲慘，讀了使人同情而震動」[19]。顯見冰心雖然出身自經濟無虞的家庭，但是當她將視框移動到社會的黑暗面時，冰心所見到的那些被社會邊緣化，弱勢無依、遭受貧病的人們，總是再次引發她高度的同理心。而「讀了使人同情而震動」，不僅是麥克懷特實踐敘事治療時所言「我流淚，因為我可以感受得到你的痛苦」[20]外，更是再次回應阿德勒對於「同理心」[21]的見解。由此可見同理心是一種對他者不堪的遭遇，能設身處地感同身受的反身自照，更是將敘事治療轉化成令人熱淚盈眶的真誠實踐。

文章中提及另一件事是，冰心評價自己是一個「空頭的文學

路線、大躍進、人民公社被合稱為三面紅旗）。1959年為「繼續躍進」，1960年為「更大躍進」。導致國民經濟比例全面惡性失調，因此帶來1959、1960、1961年的「三年經濟困難時期」。彭禮賢，〈評1958年大躍進民歌〉，《吉安師專學報（哲學社會科學版）》，（1999年第3期），頁48。另依錢理群說法：大躍進內涵概括四個要點，第一是高速度，第二是黨領導工業，第三是群眾運動，第四是向大自然開戰。錢理群，《毛澤東時代和後毛澤東時代（1949-2009）——另一種歷史書寫（上）》（臺北：聯經出版事業公司，2016年），頁191-192。

[19] 冰心，〈回憶五四〉，《冰心全集》第四冊，頁170。

[20] 麥克・懷特（Michael White）著，丁凡譯，《敘事治療的實踐——與麥克持續對話》（臺北：張老師文化事業公司，2012年），頁210。

[21] 阿爾弗雷德・阿德勒（Alfred Adler）著，林曉芳翻譯，《阿德勒談人性》，頁95。

家」[22]。將時序拉回大躍進「特定時空的情景語境」[23]下，當時整體社會建構出的氛圍是「知識分子如果不和工農民眾相結合，則將一事無成」[24]的主流敘事。以具有後現代主義取向的敘事治療觀點而言，實則是因為冰心揀選了「閉關自守，從簡單幼稚的回憶中找創作泉源，脫離群眾生活」[25]的生命故事，作為「整理生活與理解經驗」[26]的自我敘說命題，因此「空頭的文學家」就成為當時大躍進的語境之下，她的自我解析，也因此形成她對「自我身分認同」[27]的看法與自我批判。

其次，論述的是冰心1979年5月發表於《文藝研究》創刊號的〈從五四到四五〉。這篇作品距離冰心第一次發表的〈回憶五四〉已經過了二十年，是紀念五四運動六十周年，同時也是文化大革命結束後，冰心再次談及五四的文章。文本中冰心自述，從小如何因身處「海天相接，寂寞無伴」[28]的孤獨環境，而養成喜好閱讀的習慣，更進一步受五四思潮影響，成為作家的心理轉折歷程，以及五四經驗帶給她豐富的生命反思。

〈從五四到四五〉這篇作品當中，冰心提及母親少女時期，曾經對哥哥的新房布置提出意見，卻遭斷然拒絕的事。當母親以痛心

---

[22] 同註19，頁171。
[23] 索振宇編，《語用學教程（第二版）》（北京：北京大學出版社，2021年），頁21。
[24] 同註22。
[25] 同上。
[26] 列小慧，《敘事從家庭開始──敘事治療的尋索歷程》（香港：突破出版社，2005年），頁45。
[27] 同上。
[28] 冰心，〈從五四到四五〉，《冰心全集》第五冊，頁473。

的口吻告訴冰心這件往事時，冰心敘述其中影響她最深遠的一句
話是：

> 這裡用不著女孩子插嘴，女孩子的手指頭，又當不了門閂。[29]

　　這句「女孩子的手指頭，又當不了門閂」的隱喻，建構出西
蒙・德・波娃所言「女性處處受到男性世界的閉鎖、限制、支
配」[30]的主流意識環境。在貶低女性的用語當中，言外之意顯露的
是，從男性的視框裡向外望，無視女性存在的腐舊價值觀。依照敘
事治療的觀點則認為，隱喻出自於「激發生命與自我認同的特殊談
話裡」[31]。人們按此線索，採取「修正與問題的關係」[32]作依據，
行使不同的行動。要解除「女孩子的手指頭，又當不了門閂」的
桎梏，冰心敘述她母親使用的作法是，不厭其煩以耳提面命的方
式，重複對冰心述說：

> 現在妳有機會和男孩子一樣地上學，妳就一定要爭氣，將來
> 要出去工作，有了經濟獨立的能力，妳的手指頭就和男孩子
> 一樣，能當門閂使了[33]

---

[29] 同上，頁474。

[30] 西蒙・德・波娃著，邱瑞鑾譯，《第二性（第二卷・上）》（臺北：貓頭鷹
出版社，2013年），頁529。

[31] 麥克・懷特著，黃孟嬌譯，《敘事治療的工作地圖》，頁29。

[32] 同上。

[33] 同註29。

　　有鑒於來自母親成長過程中，曾有過的、不愉快的被看輕的經驗，使冰心認清一件事實，那就是擁有經濟能力，是女性追求獨立自主，完善話語權的重要條件。同時也是促使冰心日後選擇走向職場，成為職業婦女的關鍵因素。

　　〈從五四到四五〉一文當中，冰心敘述自己停筆的緣由，是因為「四人幫橫行期間，擱筆了十年之久」[34]。走過文革十年磨難的冰心，重新執筆的她，體悟出新一番的生命意義。誠如在集中營歷劫歸來的心理醫師，維克多・弗蘭克所言「意義治療認為人最在乎的，是圓滿生命的意義」[35]。因此冰心筆下賦予「四五運動」[36]的圓滿意義便是「殺出一條實現四個現代化道路」[37]的嶄新詮釋。

　　而冰心使用殺氣騰騰的這個「殺」字，在歷來冰心的文本中是極為罕見的。「殺」字的語調代表的不僅是全力奮戰不服輸的精神，更充分展現畢其功於一役的強大動力，與急切開疆闢土的創造意義。

　　再者，分析的是冰心第三篇論及五四的文章，同樣是在1979年發表，9月刊載於《文藝論叢》的〈回憶五四〉。這篇作品與1959年發表過的〈回憶五四〉同名。冰心在文章中主要敘述的筆調是，

---

[34] 同上，頁478。

[35] 維克多・弗蘭克著，李雪媛、柯乃瑜、呂以榮合譯，《向生命說Yes！──一位心理醫師在集中營的歷劫記》（臺北：啟示出版，2012年），頁161。

[36] 四五運動發生在1979年4月5日清明節。冰心以作家身分，其文本視框描述：「四五運動是在天安門廣場前，以洶湧的人潮，巍峨的花山，浩瀚的詩海，悼念周總理，反對四人幫」的事件。冰心，〈從五四到四五〉，《冰心全集》第五冊，頁479。

[37] 同上。

對四人幫與帝國主義的厭惡，以及她父親對她的愛國意識的啟蒙。並且敘述透過五四經驗，談到文學激發五四與她的碰撞與影響，並且重新敘說自我生命再省思的真切感受。

此文中，冰心描寫對帝國主義的痛恨過程時，冰心就憶及父親在她兒時對她提及的往事。冰心回憶父親以憤慨的語氣敘述說：「妳知道我們為什麼要住到煙台來嗎？因它是我國北方唯一的港口了！如今，青島是德國的，威海衛是英國的，大連是日本的，只有煙台是我們可以訓練海軍軍官和兵士的地方了」[38]。

冰心提及過她的父親曾經打過甲午海戰，因此對冰心的父親而言，甲午海戰包含參與戰爭本身帶來的「心智的記憶」[39]，也包含戰爭慘敗帶來的「情緒的記憶」[40]這兩件事。「心智的記憶」與「情緒的記憶」兩者，共構出冰心父親獨特的生命故事。

陳年悲痛記憶總是深刻留存與腦海，誠如艾克哈特・托勒所言形成「痛苦之身（pain body）」[41]。而甲午戰敗的事實與情緒，不僅引發「痛苦之身」的存在，更是一種家國與個人存在關係間的巨大失落。

當面對家國的大我失落而「引起的深沉空虛感」[42]，就屬於

---

[38] 冰心，〈回憶五四〉，《冰心全集》第五冊，頁463。

[39] 艾克哈特・托勒著，張德芬譯，《一個新世界：喚醒內在的力量》（臺北：方智出版社，2010年），頁146。

[40] 同上。

[41] 艾克哈特・托勒所指的痛苦之身是：因為人類有讓舊情緒恆久存在的傾向，所以幾乎每個人的能量場中，都帶著累積已久的過往情緒傷痛，稱為痛苦之身。同上。

[42] Robert A・Neimeyer原著，章薇卿譯，《走在失落的幽谷——悲傷因應指引手冊》（新北：心理出版社），頁4。

「悲傷反應」[43]。而Robert A・Neimeyer提出悲傷理論的新見解，就是「悲傷就是個人意義重建的歷程」[44]的新觀點。並且認為以「敘說模式對瞭解意義重建的歷程」[45]有極大助益。「說故事的角度重點在敘說建構的中心點，這樣可以很自然地找到機會，一再告訴別人有關我們失落的故事。而生命故事發展大綱的變更，就在社會的認證中完成。促進建構意義歷程的發展」[46]。冰心筆下透過父親對甲午海戰慘敗，一再敘說的失落故事，體會到家國的失落對父親心頭創傷與意義。

　　冰心父親透過再三反覆告訴女兒冰心的過程，重新建立「住在煙台是為海軍訓練官兵」這件事的新意象，此舉建構意義的發展歷程，是悲傷治療最具指標性的詮釋精華。在這樣感受失落，訴說悲傷，重建希望意義的生命敘說中，身為訴說者的父親與身為傾聽者的冰心都得到療癒。

　　在時代的浪潮下，五四不僅是熱血奔騰的愛國青年運動，更是冰心藉由書寫親歷五四運動的生命經驗，以後設觀點深刻反思歷經大躍進與文革十年，具有自我敘事意義的療癒文本。

---

[43]　同上，頁5。

[44]　同上，頁101。

[45]　同上。

[46]　Robert A・Neimeyer原著，章薇卿譯，《走在失落的幽谷——悲傷因應指引手冊》，頁103。

第二節　零餘者的敘事

一、零餘者的隱喻

　　郁達夫在他的作品〈零餘者〉當中，曾經提及一個他自稱為「思想霹靂的核心」[47]，就是「零餘者」[48]的隱喻。郁達夫筆下的「零餘者」面臨三個窘境：

> 第一、是對世界和世界上的人類社會生無益處，死了也沒一
> 　　　點兒損害
> 第二、是對混亂的中國，……竟不能殺死一個壞人，中國生
> 　　　我養我何用
> 第三、是對家庭與經濟無法承擔照顧之責，對家庭是一個完
> 　　　全無用之人[49]

　　之所以會有這樣的隱喻，其實與當時五四建構出的「特定時空的情景語境」[50]有關係。「五四時代造就現代中國第一批自由、覺醒的知識分子」[51]。這些知識份子攜帶著滿腔的愛國理想與情操，

---

[47]　郁達夫，〈零餘者〉，《歸航》2019年），頁82。
[48]　同上。
[49]　同註47，頁82-83。
[50]　索振宇編，《語用學教程（第二版）》（北京：北京大學出版社，2021年），頁21。
[51]　林榮松，《五四小說綜論》，頁119。

卻發現僅憑一己之力，無法解救國家積弱不振的頹廢事實。面對個
人及國家前途茫茫然的情況下，卻無計可施，只能無奈半途轉身離
開，這種對未來不可知的不安心緒，誠如海德格所言「憂懼」[52]的
心境一般縈繞在心。以海德格的「被投擲性」[53]來理解這些知識份
子們的處境，就能以同理心感受到他們「如此而且不得不然，想轉
身逃避，卻又無可奈何」[54]，進退維谷的困窘處境。

二、零餘者的敘說認同

　　以敘事治療的角度而言，社會建構論強調「自我不僅是個人意
識的顯露，自我也揭露了他所存活的社會環境」[55]。由此可見「自
我」具有雙重意義，首先是標舉個人意識與主張，其次是個人生活
環境所展現的主流價值。因此在敘事治療的理念中，認為「自我是
在人際關係中建構起來的，是經由社會互動和合作達成的結果。自
我認同並非在真空狀態下形成，也不是與生俱來、由內而外，或長
時間都不會改變的。自我認同會受到經驗和環境的塑造，而在社會
互動中形成」[56]。

　　依此觀點，對照郁達夫的「零餘者」側寫，顯見「零餘者」主
張「自我」是多餘的人，並非橫空出世。而是透過與現實世界的互

---

[52] 項退結，《現代存在思想家》（臺北：東大圖書公司，1986年），頁112。
[53] 項退結，《海德格》（臺北：東大圖書公司，2015年），頁76。
[54] 同上，頁77。
[55] 黃素菲，《敘事治療的精神與實踐》，頁135。
[56] 麥克·懷特、艾莉絲·摩根合著，李淑珺譯，《說故事的魔力：兒童與敘事
治療》（臺北：心靈工坊文化事業公司，2020年），頁150。

動，發現自己的死生存活與否，對人類與社會都無法掀起波瀾，太陽依舊照耀世界，歲時節序照樣更迭交替。透過生命經驗的敘說，會提供「自我概念的架構」[57]。而「零餘者」將自己視為是多餘無用的人的隱喻，呈現出自我概念的架構主軸就是無用多餘。

因此當我們選擇「對自己和別人訴說自己的生命故事同時，就創造了敘說認同。不同的敘說認同，把我們和某個社會關係連在一起⋯⋯經由敘說我們開始定義自我」。[58]於是當「零餘者」與無法報效國家的關係連在一起，國家生養他無用。他自認對國家而言，「自己顯然是多餘之人」，就成為「零餘者」在敘說認同當中的自我定義。同樣地，當「零餘者」與阮囊羞澀無法承擔家計的關係連在一起，他自認對家庭毫無用處，「自己完全是家庭中一個無用之人」，也轉化為在敘說認同中，「零餘者」的自我概念與自我定義。

三、零餘者的自我敘事

同樣身處五四新時代，同為深受五四思潮激盪的青年，在冰心有關愛國青年報效國家，卻功敗垂成的敘事文本中，也可見到身為知識分子卻深感自己是「零餘者」的身影。因此我們融入「零餘者」的觀點，來研析冰心如何在敘事治療的「文本視框」[59]中，書寫出「零餘者」的自我敘事。

---

[57] 同註55。
[58] 同上。
[59] 麥克・懷特及大衛・艾普斯頓合著，廖世德譯，《故事・知識・權力——敘事治療的力量（全新修訂版）》，頁41。

　　首先聚焦的是冰心的〈斯人獨憔悴〉。冰心敘述這篇作品的創作背景，是因為當時她被「強烈的時代思潮，捲出了狹小的家庭和教會學校的門檻，……看出了社會的種種問題……這裡面有血、有淚，有凌辱和呻吟，有壓迫和呼喊」[60]，於是冰心開始創作「問題小說」[61]。冰心敘述她小說的素材取自於「周圍社會生活中的問題」[62]。對當時親歷過五四運動的冰心而言，參與愛國運動就是具有主流價值的題材。

　　〈斯人獨憔悴〉書寫的是一對充滿愛國意識的青年兄弟穎銘和穎石，因為父親（化卿先生）堅決反對，因而「被頑固的父親禁錮，而不能參加學生運動」[63]的苦惱敘事。

　　文本中，冰心敘述身為弟弟的小兒子穎石，用急切的語氣，一再向父親化卿澄清說愛國運動「是因為近來青島的問題很緊急，但國民沈睡不醒，我們覺得很悲痛，便出去演講，勸人購買國貨，鼓起民氣做政府後盾，這並不是作奸犯科」[64]。但是父親根本聽不下去。冰心筆下塑造的這位父親，形象是家裡有四、五輛汽車，家門口還有兵丁站崗，並且擁有四位姨太太，守舊頑固的舊式有錢老爺。

　　當父親化卿耐著性子聽完小兒子穎石的說法後，冰心以激烈的動作，描繪父親憤怒反應的場景。冰心敘述：「忽然一聲桌子

---

[60]　同註28，頁475。
[61]　同上。
[62]　同上。
[63]　同上。
[64]　冰心，〈斯人獨憔悴〉，《冰心全集》第一冊，頁22。

響，茶杯花瓶都摔在地下，跌得粉碎，臉都氣黃了」[65]。父親化卿氣極敗壞站起來喝道「好！好！率性和我辯駁起來了！這樣小小的年紀，便眼裡沒有了父親，這還得了」[66]。如此火爆的對話場景描述，正如魯迅所言「他們以為父對於子，有絕對的權力和威嚴；若是老子說話，當然無所不可，兒子有話，卻在未說之前早已錯了」[67]。也印證了阿德勒在提及父親的角色對孩子的影響時，強烈主張「家庭裡不應該有統治者」[68]的存在。由此可見「父親」這兩個字象徵的是掌握家中無可撼動的經濟命脈之外，更是家中享有絕對制裁權的發言者。當冰心透過小兒子穎石的口中說出：「唉！處在這樣黑暗的家庭，還有什麼可說的，中國空生了我這個人了」[69]的慨嘆時，就如同郁達夫在〈零餘者〉中所說的「中國生我養我有什麼用處呢？」[70]，同樣表現出身為零餘者的煩悶與無奈。

其次解構的是冰心的〈兩個家庭〉。對於走上寫作之路，冰心自述是「藉五四運動的東風」[71]。而這篇〈兩個家庭〉就是以「冰心」作為筆名發表的第一篇小說。1919年9月18日到22日，採連載

---

[65] 同上。

[66] 同上。

[67] 魯迅，〈我們現在怎樣做父親〉，《魯迅雜文全集（上下冊）》（北京：北京燕山出版社），頁15。

[68] 阿德勒著，盧娜譯，《你的生命意義，由你決定》（臺北：人本自然文化事業公司，2014年），頁152。

[69] 同註64，頁26。

[70] 郁達夫，〈零餘者〉，《歸航》〔經典新版〕，頁82。

[71] 關於稿費，冰心曾經提及一件小插曲。當她拿到〈兩個家庭〉的八塊錢稿酬時，弟弟們要求冰心帶他們逛中央公園，吃些茶點。剩下的一些錢，冰心便買了紙筆，繼續創作。冰心，〈我的第一篇文章〉，《冰心全集》第六冊，頁128。

形式，刊登於《晨報》第7版。文本中冰心以「第一人稱」[72]的視角，描述「家庭的幸福和痛苦，與男子建設事業的影響」[73]。

文本中冰心以「我的三哥」與「我三哥的同學陳華民」的視野，分別展開鋪陳，敘述他們二人原本同為英國的留學生，但返國謀職成家立業後，卻因為受各自小家庭的影響所及，因此「我的三哥」擁有幸福美滿令人稱羨的家庭生活，而「我三哥的同學陳華民」最後卻淪落藉酒澆愁而病死，甚至妻小離散令人不勝唏噓的人生際遇。

但是「人稱只是小說的外在形式，在人稱背後隱藏的是敘事的態度」[74]。在文本中冰心想表達的是，真正掌握家庭幸福的關鍵人物是家中的太太。認為太太是家庭幸福的定調者，而家庭是否美滿則是與「零餘者」關係密切。文本中冰心對「我的三哥」的太太與「陳華民的太太」呈現對比的敘述手法。冰心形塑三哥的太太亞茜，是受過大學教育的新女性，不僅能協助丈夫一同翻譯英文書籍，同時注重孩子教育，家務整理得清潔雅致。集好妻子與好母親於一身。

至於對照組陳太太的形象，則是只關心自己的打扮，愛打牌應酬，放任小孩不管的母親，也是常與丈夫意見不合爭執不休的太太。顯見冰心眼中對賢妻良母是有自我個性的，冰心主張「賢妻

---

[72] 林榮松認為：我國小說的敘事方式在五四時期發生了明顯的轉變，即以敘述者大於人物的敘事角度，轉向敘述者等於人物或小於人物的敘事角度。重要標誌是出現了一大批第一人稱視角小說。林榮松，〈五四小說綜論〉，頁155。

[73] 冰心，〈兩個家庭〉，《冰心全集》第一冊，頁20。

[74] 林榮松，〈五四小說綜論〉，頁155。

良母應該是丈夫和子女的匡護者」[75]。換句話說，新時代的賢妻良母，就是能與丈夫同心協力護持家庭，注重教育關愛子女，能撐起維繫家庭幸福一片天的新女性。

而陳華民之所以成為「零餘者」，可以從他「充滿問題的主流故事」[76]裡看出端倪。冰心眼中的陳華民是失意不得志的，她以抱怨的語調說出陳華民向「我的三哥」哭訴求助的心情：

> 你的家庭什麼樣子？我的家庭什麼樣子？……我回國前的目的和希望，都受了大打擊，已經灰了一半的心，在公事房終日閒坐，已經十分不耐煩。又看見凌亂無章的家，兒啼女哭的聲音，真是加上我百倍的不痛快。我內人是個宦家小姐，一切家庭管理都不知道，天天只出去應酬宴會，孩子們也沒有教育，下人們更是無所不至，我屢次勸她，她總是不聽，說我不尊重女權不平等……無奈我連米鹽的價錢都不知……因此經濟上一天比一天困難，兒女一天比一天放縱，更逼得我不得不出去了[77]

以敘事治療的觀點而言，陳華民認為「我回國前的希望受打擊」、「我返國後的事業不如意」、「我凌亂無章的家」、「我兒女啼哭的聲音」、「我百倍的不痛快」、「我內人不會理家、只會

---

[75] 冰心，〈關於女人〉，《冰心全集》第二冊，頁517。
[76] 麥克·懷特及艾莉絲·摩根合著，李淑珺譯，《說故事的魔力──兒童與敘事治療》，頁23。
[77] 同註73，頁17。

應酬宴會」、「我孩子沒有教育」、「我經濟日漸困難」等等，都是因為他個人因素造成的問題。

當陳華民將自己置入在這些「強勢、壓迫的故事中，會信以為真認為無法改變，隨時間推移不斷重複，故事變得愈來愈僵化堅硬，會將自己侷在自己創的故事裡」[78]。換句話說，陳華民的「自我敘說（self-narrative）」[79]是將所有的問題等同於自己，他認為是自己造成問題，因此讓自己陷溺在困境的沼澤裡無法動彈。此時的陳華民，空有知識份子的理想，卻不能一展抱負。

關於他意志消沉這件事，冰心是這樣敘述的：「天天尋那劇場酒館熱鬧喧囂的地方，想以猛烈的刺激，來沖散心中的煩惱」[80]。對陳華民的家庭而言，他在家與否，引不起妻小的關注。他最後還酗酒成癮，甚至連經濟都陷入困頓。

〈零餘者〉一文中提及的「我對於家庭還是一個完全無用之人！⋯⋯我讀書學術，到了現在，還不能做出一點轟轟烈烈的事業來，就是這幾塊錢⋯⋯我對於家庭有什麼用處呢？」[81]的窘境。由此可見零餘者的生命視框，是建構在自我否定，視自己為失敗者上面。從小至家園大到國家，都毫無影響力可言，處於被忽略的狀態。冰心筆下刻劃的「零餘者」人物陳華民，他認知的無用與失敗，正是「零餘者」自我敘事的認同寫照。

---

[78] 吉姆・法度及蘿拉・蓓蕊思合著，黃素菲譯，《敘事治療三幕劇：結合實務、訓練與研究》，頁65。
[79] 黃素菲，《敘事治療的精神與實踐》，頁121。
[80] 同註77。
[81] 郁達夫，〈零餘者〉，《歸航》〔經典新版〕，頁83。

　　再者討論的是冰心的〈去國〉。同樣是以「零餘者」的姿態敘說，這次不同之處在於「父」與「子」兩代人都充滿愛國熱誠，家庭經濟力充裕，但是最終都在報效國家，施展抱負的路途上鎩羽而歸。當有志難伸的愛國理想與機會，「遭到剝奪，就會感到失落」[82]。這樣的失落感在「零餘者」身上清晰可見。

　　文本中冰心定位的父親朱衡，年少時是同盟會的革命志士。這是有別於傳統保守的父親形象，是冰心巧妙的安排。冰心以熱血的語氣敘述父親朱衡「成天裡廢寢忘食，奔走國事，我父親遺下的數十萬家產被我花去大半，鄉里戚黨，都把我看成敗子狂徒，又加以我也在通緝之列，都不敢理我了……起事那一天……當時目中耳中，只覺得槍聲刀影，血肉橫飛。到了晚上，一百多人雨打落花似的，死的死，走的走……我一身的腥血……咳！……他們為國而死，是有光榮的，只可憐大事未成」[83]。冰心透過父親朱衡的眼，看見了「親力親為，為革命事業投注大量資金，只可憐大事未成」壯志未酬的失落。這種強烈的失落感，猶如「零餘者」「透過故事鏡頭來看待自己的人生」[84]。因為零餘者慨嘆的正是空有學識，卻未能對國家有所貢獻。這是父親朱衡的零餘者敘事。

　　對第二代的兒子英士而言，在他身上看到的「零餘者」身影，不再是革命尚未成功的遺憾。而是赴美留學多年具土木工程專業學識，沒想到捨棄高薪返國後，卻苦無以專業職能，從事提振國家實

[82] 查爾斯・惠特菲爾德著，黃意然譯，《跟心裡的傷痛告別：創傷療癒大師教你如何修復失衡的人生》（臺北：遠流出版事業公司，2019年），頁173。

[83] 冰心，〈去國〉，《冰心全集》第一冊，頁47-49。

[84] 洛爾著，賴俊達譯，《人生・要活對故事》，頁19。

業的機會。僅能靠父親朱衡的關係，謀得以技正之名，實際上卻是
閒缺的差事。當專業就像灰塵不受青睞，一切事與願違的狀況下，
「零餘者」報國無門的多餘無用情緒，在英士心底悄然而生，也促
成他選擇再度出國做實事的關鍵決定。

　　文本中冰心敘述英士滿懷希望學成歸國，到經由體會「零餘
者」多餘無奈的感受，進而寧願再次出國工作，這中間是有轉折歷
程的。一開始冰心就透過英士的口中說出「我何其是一個少年，又
何幸生在少年的中國」[85]。「何其有幸」象徵的不僅是躬逢其盛，
千載難逢的好機緣，更是一個可以實踐理想的希望國度。

　　然而當時建構的社會現實是，各自為王的紛亂局勢。冰心是這
樣敘述父親朱衡眼中的內戰亂象「鐵路事業沒有款項，拿什麼去進
行？現在國庫空虛如洗，動不動就是借款。南北兩方言戰的時候，
金錢都用在煙硝彈雨裡。言和的時候，又全用在應酬疏通裡。花錢
如流水，哪裡還有功夫去論路政」[86]？這是「主流文化的結構與意
識形態」[87]，其中理想與現實的巨大落差，讓英士心中開始失望。
當冰心敘述友人以嘆氣的口吻告訴英士「哪裡是什麼事業？不過都
是『飯碗主義』罷了，有什麼建設可言呢」[88]？冰心描繪英士的心
情如同「背上澆了一盆冷水」[89]一樣霎時清醒。這是英士返國後，
第二次的失望。

---

[85]　同註83，頁45。
[86]　同上，頁46。
[87]　麥克・懷特著，丁凡譯，《敘事治療的實踐——與麥克持續對話》，頁84。
[88]　同註83，頁50。
[89]　同上。

　　其中「飯碗主義」的隱喻，指的就是凡事以能生存餬口為最高指導標準，其餘的如志向、報國等理想，排序都是位居人們生命序列的最末位。敘事治療期待的就是「打開（unpacking）充滿問題的人生故事」[90]。但是英士歷經的二度失望，就像「緊抓著問題故事，使得故事經過無數的述說與再述說，仍缺乏說出替代故事的可能性」[91]。換句話說，就是人們很難走出，「行不通的故事」[92]的敘述困境。

　　然而壓垮駱駝的最後一根稻草，就是英士回國半年後，總結出來的看法。冰心以落寞的筆調，述敘英士的心聲：「百般忍耐，不肯隨波逐流，捲入這惡社會的漩渦裡去。如今卻要把真才實學撇在一旁，拿著昂藏七尺之軀，去學那奴顏卑膝的行為。雄心壯志消磨殆盡。咳！我何不幸是一個中國的少年，又何不幸生在今日的中國……只是可憐啊！我的初志，決不是如此的。祖國啊！不是我英士棄絕了你，乃是你棄絕了我英士啊！」[93]。冰心描繪英士沉痛呼喊的同時，也細緻的呈現出「零餘者」空有才幹，卻被無視，深感自我多餘、多餘、再多餘的落寞感。

90　麥克・懷特著，丁凡譯，《敘事治療的實踐──與麥克持續對話》，頁48。
91　吉姆・法度及蘿拉・蓓蕊思合著，黃素菲譯，《敘事治療三幕劇：結合實務、訓練與研究》，頁66。
92　洛爾著，賴俊達譯，《人生・要活對故事》，頁18。
93　同註83，頁53-54。

第三節　大後方的敘說

一、鴿子的隱喻

〈鴿子〉是冰心在抗戰時期，居住在重慶時寫的詩歌。是冰心在1940年除夕所寫，發表於《婦女新運》第87期。詩歌內容是敘述敵機轟炸家園，飛越上空帶給人們的驚憂恐懼。文本以：

　　砰　砰　砰，
　　三聲土炮；
　　今日陽光好，
　　　　這又是警報！[94]

作為開頭。諷刺的是「今日陽光好」不是走出戶外接觸大自然的日子，而是敵軍趁著視線清晰，作為轟炸的依據。冰心使用的「今日陽光好」隱喻著敵機隨時可能轟炸的意圖，而人們只能將它視為「這又是警報」的徵兆。當真正的轟炸來臨時，冰心以天搖地動的語氣敘述說：

　　轟轟轟，
　　幾聲巨響，

---

[94] 冰心，〈鴿子〉，《冰心全集》第二冊，頁493。

> 紙窗在叫，
>
> 土牆在動，屋頂在搖搖的晃。
>
> ……
>
> 一陣沉重的機聲
>
> 又壓進了我的耳鼓
>
> 「娘這又是什麼？
>
> 妳莫作聲，
>
> 這是一陣帶響的鴿子[95]

　　冰心以「轟轟轟」、「幾聲巨響」，「紙窗在叫」，「土牆在動」、「屋頂在搖晃」的有聲語句，勾勒出轟炸現場震天嘎響的恐怖景象。而在這些景象背後，隱喻的是人們恐懼慌張的逃難步伐。這狂奔的步伐聲已經掩沒在「紙窗叫」、「土牆動」以及「屋在搖」的「轟轟巨響」中。

　　但是敵機仍舊狂飛狂炸，未曾停歇。冰心以「這是一陣帶響的鴿子」來隱喻發出「沉重的機聲」，「壓進耳鼓」的敵機轟炸。無情的敵機仍在上空盤旋：

> 整齊的一陣鐵鳥，
>
> 正經過我的小樓。
>
> 傲慢的走，歡樂的追，

......

「娘，你看見了那群鴿子？有幾個帶著響弓？」

巨大的眼淚忽然滾到我的臉上，

乖乖，我的孩子，

我看見了五十四隻鴿子，

可惜我沒有槍[96]！

　　冰心以「整齊的一陣鐵鳥」隱喻敵機龐大的陣容，而「傲慢的走，歡樂的追」隱喻的是在被侵略的領空中，可以看見敵機肆無忌憚的自由飛越。尤其是敵機從空中投彈的那一刻，地面上倉皇逃生尋求庇護的人們就成了敵軍歡樂追逐的獵物。

　　孩子眼中的鴿子是「一群有聲響的鴿子」。但是對冰心而言，卻是一群侵略家園，轟炸無辜人民的的暴力象徵。冰心以「我看見五十四隻鴿子，可惜我沒有槍」！雖然同樣以「鴿子」來回應孩子的提問。但是這句「可惜我沒有槍」的隱喻，這樣充滿殺氣騰騰帶著強烈復仇情緒的文字，是冰心文本中極罕見的敘述方法。冰心所想表白的是對國家被侵略以及為求生存，躲避轟炸的強烈不滿與憤恨抗議之情。

　　對於曾親身經歷躲避敵機轟炸的冰心而言，她在解構〈鴿子〉的創作背景時，就提及她的惶恐的心路歷程說：「那時他才十二歲。我永遠也忘不了四十年代初期，日本帝國主義者的轟炸機，對

---

[96]　同上，頁494-495。

重慶的疲勞轟炸！我在1940年除夕寫的一首〈鴿子〉的詩，就是講述這個經歷的。那夜我望著在濛濛的霧氣中忽然熄滅的一大片閃閃爍爍的燈光，在砰砰的炸彈聲中，火焰四起，我就悲憤地想到在這幾百幾千個血肉橫飛的同胞中，會不會也有我的兒子」[97]。冰心筆下描述的「閃閃爍爍的燈光」，「砰砰的炸彈聲」，「火焰四起」，「幾百幾千個血肉橫飛的同胞」，將被敵機轟炸，遍地傷亡慘不忍睹的血淋淋畫面再現。

詩人商禽提到：「我總是堅決相信，由人所寫的詩，一定和人自己有最深的關係。當然，我也同時深信，由人所寫的詩，也必定和他所生存的世界有最密切的關係」[98]。身為人母的冰心，面對千百個血肉橫飛的畫面，以及隨時擔憂兒子是否平安歸來的憂慮。讓冰心總能將心比心設身處地，以同理心理解戰火漫天的痛苦心情。並表述對戰爭造成家破人亡與妻離子散的慘狀，深惡痛絕。

二、抗戰的言說

對日抗戰爆發，冰心提及她和吳文藻前往大後方的原因是因為：「為著要爭取正義與和平，我們決定要到抗戰的大後方去，盡我們一分綿薄的力量」[99]。在國家興亡匹夫有責的愛國意識下，冰心夫婦決定善盡知識分子的力量，前往大後方為國服務。當時的愛

---

[97] 冰心，〈我記憶中的沙坪壩〉，《冰心全集》第七冊，頁257。
[98] 商禽，《商禽詩全集》（新北：印刻文學生活雜誌出版，2016年），頁26。
[99] 冰心，〈丟不掉的珍寶〉，《冰心全集》第三冊，頁82。

國意識也擴展到文藝界。冰心敘述當時作家們的情況說：「強烈的抗戰熱情激動著每個作家的心，與此同時，流浪與轉徙，痛苦和艱難的環境，還有從未經歷過的數千里的長途跋涉，從西北的古道過劍門關，從西南的水路過三峽，都是他們未曾見過的異境天地──這些經歷都給予他們很豐富的創作題材」[100]。冰心以「抗戰的熱情」作為起頭，作為支撐作家歷經「長途跋涉」，度過層層的「流浪與轉徙」的重要動能。而這「抗戰的熱情」隱喻的就是愛國意識與對國家未來走出困境的使命。

　　對日抗戰期間冰心曾住過呈貢也住過重慶。親身看到日軍空襲家園，悲憤不已。冰心在〈默廬試筆〉當中就對於戰爭的殘酷，有十分具體的描述，冰心敘述說：「二十六年七月二十八日早晨，十六架日機，在曉光熹微中悠悠的低飛而來，投了三十二顆炸彈，只炸得西苑一座空營。──但這一聲巨響，震得一切都變了色。海甸被砍死了九個員警，第二天員警都換了黑色的制服，因為穿黃制服的人，都當做了散兵，遊擊隊，有砍死刺死的危險。四野的炮聲槍聲，由繁而稀，由近而遠，聲音也死去了」[101]！從冰心的書寫當中，可以見到「二十六年七月二十八日早晨」代表被轟炸的具體時間，包括年月日與當日的時段。「十六架日機」，代表派來轟炸的敵機架數。還有「投了三十二顆炸彈」，代表投擲轟炸的明確炸彈數，以及「只炸得西苑一座空營」，代表被轟炸的明確地點。這樣

---

[100] 本篇原為日文，最初發表於日本，由劉平譯回中文。冰心，〈抗戰八年間的中國藝文界〉，《冰心全集》第三冊，頁140。
[101] 冰心，〈默廬試筆〉，《冰心全集》第二冊，頁488。

明確的敘述，其實隱喻的是對家園被侵略的無助與痛苦，當成為被轟炸對象的那一刻起，隨時面臨失去生命與國家的強烈不安與亡國感，是人性的很難以承受的最大考驗。

面對轟炸與戰爭，冰心寄希望於未來，冰心敘述說：「戰爭奪去毀壞了我的一部分珍寶，但它增加了我的最寶貴的，丟不掉的珍寶，那就是我對於人類的信心。人類是進步的，高尚的，他會從無數的錯誤歪曲的小路上，慢慢的走回康莊平坦的大道上來」[102]。冰心認為縱使戰爭毀壞家園，但是毀棄的是有形的物質與建設，毀棄不掉的是人類之所以為人的善良的心靈。會思考的人類從錯誤中不斷修正改進，尋覓出一條光明的道路，營造沒有戰爭幸福共好的未來。

---

[102] 同註99，頁84。

第五章　家國的崩壞

　　本章主要討論的是冰心如何書寫家國的崩壞。從苦難的1957年反右運動開始到大躍進再到文革十年。冰心及當時的人們無一不籠罩在國家一連串整治反動份子的烏雲中。這樣強烈批鬥的感受，深深烙印在所有人心上。因此我們從反右運動開始，看到社會一片要大鳴大放到最後的噤聲無語。這些刻劃著時代痛苦的黑色印記深深刻劃在每個人的心版裡，成為難以抹滅的記憶。

　　因此主要分成三個面向分析及討論，以敘事治療及意義治療的觀點，來看待冰心如何在苦悶的1957年，反右運動中書寫自我敘事。其次第二個面向，是如何在充斥浮誇風的大躍進年代，將權力建構出的意識流語言，以再寄小讀者的書信型態，積極書寫對黨國及領導人的熱情禮讚。再者第三個面向，則是談到冰心在文革夾縫中身為順民，奮力求生存的現象。藉由梳理這些部分，可以看見冰心在家國崩壞的年代，描繪出人們受到的艱難與痛楚，並且透過自我敘事的文字表述，展現出對家國與人們的同理心關懷，與生命意義的實踐。

第一節　苦悶的1957年

一、1957年的主流意識

　　1957年7月1日，「《人民日報》社論刊登了〈《文匯報》的資產階級方向應該批評〉，從此掀起了一場聲勢浩大的反右派鬥爭」[1]的政治運動。當時建構的「反右派」的主流意識是，將右派分子的性質定義為「反黨反社會主義的行動派」[2]。至於被列入右派分子的人數，李青認為：「到1958年整個運動結束，全國共劃了右派分子五十五萬多人，把一大批知識分子、愛國人士、黨的幹部和政治上熱情而不成熟的青年學生錯劃為右派份子」[3]，後來陸陸續續在「1959年到1963年，累計為30萬人摘掉右派分子的帽子」[4]。

　　當時冰心一家人也受到極大影響。冰心提及這段家人被劃成右派的痛苦回憶時，她是這樣敘述的：

　　「1957年是我從海外歸來後最痛苦的一年。這一年我家裡出了三個右派：一個是我的老伴，一個是我的兒子，一個是我的三弟。那時我的心像油炸的一樣，辛酸苦辣，又得打起精神，來勸慰、引導他們，我不知講了多少好話，寫了多少長信，把其他一切都丟

---

[1]　陳恕，《冰心全傳》，頁299。
[2]　李青，〈一九五七年反右派鬥爭及其嚴重擴大化的起因和教訓〉，《中共黨史研究》，（1995年第6期），頁68。
[3]　同上。
[4]　同上，頁69。

在一旁[5]」。面對自己的另一半，到自己的手足，再到自己的第二代，一家有三口人都被劃成右派，冰心描寫自己的心情就如同「像油炸一樣，辛酸苦辣」。所想到要做的就是以家人為優先，「打起精神來勸慰引導他們」，透過「說多少好話」、「寫多少長信」的方式來鼓勵家人們共度難關。

當冰心暫時拋下自己「油炸的心情」時，就擁有「距離化的能力，也就是反思的能力」[6]。這正是敘事治療的觀點所言，「在問題外化與未來故事的想像間，讓人採取一個距離（distancing）的位置，來觀看自己與問題的關係。同時透過距離的觀照，讓原本身在其中，而無法看見的其他生活面向浮現」[7]。換言之，冰心透過遠離問題的距離，意識到當務之急，就是幫助家人走出陷溺於右派的心靈困境。唯有走出困境，生命才有希望與生機。

二、1957年的自我敘事

敘事治療有個重要的理念，就是讓人們「說自己的故事，組織自己的經驗」[8]。面對另一半被歸類為右派分子，冰心晚年在懷念另一半所寫的悼念文章，〈我的老伴——吳文藻（之二）〉，就以措手不及的語調，敘述這天外飛來一筆的意外災難。冰心以晴天霹靂的心情，形容這個過程時說：「文藻被錯劃為右派。因為在他的

---

[5]　冰心，〈紀念《收穫》雜誌創刊三十周年〉，《冰心全集》第七冊，頁73。
[6]　葉素菲，《敘事治療的精神與實踐》，頁109。
[7]　同上。
[8]　同上，頁108。

罪名中，有一條『反黨反社會』，在讓他寫檢查材料時，他十分認真地苦苦地挖他的思想，寫了許多張紙！他一面痛苦地挖著，一面用迷茫和疑惑的眼光看著我說：『我若是反黨反社會主義，就到國外去反就好了，何必千辛萬苦地借赴美的名義回到祖國來反呢』」[9]？身為妻子的冰心，從兩人赴美留學在郵輪上相遇開始，到歷經抗戰、赴日、甚至歸來以後，這一路上走過的艱難險阻，與一路以來的相濡以沫，兩人早已相知相惜，相互理解。

　　面對眼前的風雨人生，當年獨游無伴，在山諏海隅間自由行走，形容自己是父親的野孩子的小女孩冰心，受海天環境的寬闊影響，潛藏在她內心深處勇敢堅強的強大能量，此刻轉化成支持吳文藻的最重要精神力量。正是冰心內心擁有如此安定堅強的無懼信念，才能展現敘事治療「距離化的能力」[10]，來反身自照，思索未來。

　　因此冰心敘述說：「我當時也和他一樣『感到委屈和沉悶』，但我沒有說出我的想法，我只鼓勵他好好地『挖』，因為他這個絕頂認真的人，你要是在他心裡起疑雲，他心裡就更亂了」。[11]至於冰心本人，雖然曾經有人想將她劃為右派，但依據冰心二女婿陳恕的描寫：「是周恩來出面干預，才得以倖免」[12]。顯見右派分子的

---

[9]　冰心，〈我的老伴──吳文藻（之二）〉，《冰心全集》第六冊，頁314-315。
[10]　葉素菲，《敘事治療的精神與實踐》，頁109。
[11]　同註9，頁315。
[12]　1957年3月24日，《人民日報》發表了〈知識份子的早春天氣〉。到了夏天，這篇文章就被說成是一株大毒草。有人就以〈知識份子的早春天氣〉一文曾經過冰心修改，想把冰心也定為右派。陳恕，《冰心全傳》，頁297。

標籤，自始至終，都未標誌在冰心身上。

　　提及與周恩來總理的淵源，冰心敘述說：「1941年的春天，在重慶的中華全國文藝界抗敵協會的歡迎會上，第一次幸福地見到了周總理」[13]。從第一次冰心與周總理見面，到第二次冰心吳文藻夫婦再度與周總理見面，至少已相隔十年以上，已經是他們夫妻1951年從日本歸來以後的事。

　　冰心憶及當時的景況，以期待的口吻敘述說：「那是1952年夏天的一個早晨，總理辦公廳來電話說，總理在這天晚上約見。我們是多麼興奮啊，只覺得這一天的光陰是特別地長，炎熱的太陽總是遲遲地不肯落下去！……，到了總理辦公室。總理笑容滿面地從門內迎了出來，緊緊地握住我們的手說：『你們回來了，你們好呵』」[14]。而這當中讓冰心記憶深刻的印象是，總理與他們共進晚餐，飯桌上的四菜一湯。

　　冰心晚年曾經寫過一篇〈一飯難忘〉的文章，內容提及的，就是當時共進晚餐這件事。文本中，冰心驚訝又高興地敘述說：「唯一的葷菜竟只是一盤炒雞蛋……膳食竟是這樣地簡單，高興的是，我們熱愛的總理並沒有把我們當做客人」[15]。冰心認為總理不僅生活簡樸，更因為待人親切不已而深受感動。

　　受惠於這樣的機緣，冰心敘述當吳文藻被錯劃為右派後，周總理夫婦單獨召見她到中南海，冰心回憶談話情景說：「他們十分

---

[13]　冰心，〈永遠活在我們心中的周總理〉，《冰心全集》第五冊，頁302。
[14]　冰心，〈一飯難忘〉，《冰心全集》第七冊，頁214。
[15]　同上，頁215。

誠懇地讓我幫他好好地改造，說：『這時最能幫助他的人，只能是
他最親近的人了……』，我一見到鄧大姐就像見了親人一樣，我的
一腔冤憤就都傾吐了出來！我說：『如果他是右派，我也就是漏
網右派，我們的思想都差不多，但決沒有『反黨反社會主義的思
想』」[16]！

　　這句鏗鏘有力的「如果他是右派，我也就是漏網右派，我們的
思想都差不多，但決沒有反黨反社會主義的思想」的言語，明確表
達出冰心支持丈夫吳文藻的堅定立場。以敘事治療的語言來說，就
是發展出「支線故事」[17]，而這個支線故事的意涵就是冰心展現家
人間以愛為支撐，同為一體，相挺的力量。

　　正因為冰心從支線故事找到了力量，冰心提及她後來轉述「好
好地改造」的訊息給吳文藻時，吳文藻的反應是這樣的：「他在自
傳裡說：『當時心裡還是感到委屈和沉悶，但我堅信事情終有一天
會弄清楚的』」[18]。透過冰心眼中看到吳文藻這句「但我堅信事情
終有一天會弄清楚的」，正是敘事治療中，以問題外化的方式，將
人與問題分別處理的分水嶺。因為「被錯劃成右派」這個問題的關
鍵因素，是取決於當權者的決定，無關乎被錯劃者的自我認同。所
以才會「感到委屈和沉悶」。因此藉由透過釐清問題，才有機會重

---

[16] 冰心，〈周恩來總理──我所敬仰的偉大的共產黨員〉，《冰心全集》第七
　　冊，頁333。
[17] 麥克・懷特著，徐曉珮譯，《故事・解構・再建構：麥克・懷特敘事治療精
　　選集》（臺北：心靈工坊文化事業公司，2018年），頁188。
[18] 冰心敘述1959年12月，文藻被摘掉右派分子的帽子。1979年又把錯劃予以改
　　正。冰心，〈我的老伴──吳文藻（之二）〉，《冰心全集》第六冊，頁
　　315。

寫生命故事，「解構負面認同與結論」[19]，在遠離痛苦與擔憂後，尋覓到另一種解讀生活的新方式。

三、小橘燈的隱喻

冰心的〈小橘燈〉寫於1957年的1月19日，發表於1957年1月31日的《中國少年報》，後收入以《小橘燈》為名的單行本，1960年由作家出版社出版。關於〈小橘燈〉的書寫形式類別，究竟是小說或是散文，曾引起研究者的關注討論，「或被認為是敘事散文，或被認為是兒童小說」[20]。冰心自己只提及：「小橘燈主要是為兒童寫的一篇短文」[21]，並無明確說明文章的屬性究竟為何。但陳恕則認為：「從它的環境描寫、情節設計、結構安排，特別是人物塑造來剖析，說它是小說，似乎更合實際」[22]。王炳根認為冰心的小橘燈「是歸來之後，為新中國青少年所寫的一篇重要的作品」[23]。〈小橘燈〉是採第一人稱敘述的作品。文本內容主要是描述，冰心藉由筆下「我的視角」，感受到一個八九歲的小女孩，獨自照顧生病母親的勇敢堅強故事。

---

[19] 麥克‧懷特著，丁凡譯，《敘事治療的實踐》，頁50。
[20] 熊飛宇編著，《重慶時期冰心的創作與活動研究》，頁29。喬世華認為是散文，見喬世華，〈透視冰心散文創作經——從小橘燈的文體屬性談起〉，劉東方編，《冰心論集六》，頁93。王炳根則認為是小說，見王炳根，《王炳根說冰心》，頁129。
[21] 冰心，〈小橘燈新版後記〉，《冰心全集》第五冊，頁357。
[22] 陳恕，《冰心全傳》，頁281。
[23] 王炳根，《王炳根說冰心》，頁128。

　　首先透過「我的視角」，感受到小女孩「送我手製小橘燈的溫暖」[24]，開啟「讓人內在跳動，熱情滾滾的」[25]敘事連結。其次透過「我的視角」體會到小女孩相信「我爸爸一定會回來的，那時我媽媽就會好了，我們大家也都好了」[26]的樂觀態度。進而當「我的視角」聽見小女孩口中說出「我爸爸一定會回來」的話語時，那種對未來充滿期待的想望，以敘事治療的觀點而言，就是所謂的「支線故事珍貴的入口」[27]。藉由這個入口，「那時我媽媽就會好了，我們大家也都好了」的新故事於焉誕生，小女孩的生命故事就在「未來」的鼓勵下重新綻放希望。

　　冰心晚年提及小橘燈的創作過程時，回憶說：「故事就用重慶郊外的歌樂山為背景，抗戰期間我在那裏住了四年多」[28]，「描述在這一個和當時重慶政治環境、氣候，同樣黑暗陰沉的下午到黑夜的一件偶然遇到的事，而一切的黑暗陰沉只為了烘托那一盞小小的『朦朧的橘色的光』，怎樣衝破了陰沉和黑暗，使我感到『眼前有無限光明』」[29]。冰心是1957年寫作〈小橘燈〉的，而同樣是這一年，她的丈夫、她的弟弟以及她的兒子，三個人都被定義成右派分子。而被定義成右派的黑暗事實，就如同「這一個和當時重慶政治環境、氣候，同樣黑暗陰沉」一般，身不由己。但是冰心透過那一

---

[24] 冰心〈小橘燈〉，《冰心全集》第三冊，頁475。
[25] 黃錦敦，《陪孩子遇見美好的自己：兒童‧遊戲‧敘事治療》，頁58。
[26] 同註24。
[27] 同註25，頁72。
[28] 冰心，〈漫談小橘燈的寫作經過〉，《冰心全集》第五冊，頁468。
[29] 同上，頁469。

盞小小的「朦朧的橘色的光」的隱喻，以敘事的語言來說就是「讓幽微的心靈被照見」[30]，讓自由的心靈擁有一小方天地，帶著朦朧的小橘燈勇敢前行，看見照亮隧道口的溫暖陽光。

第二節　浮誇風的敘事

一、浮誇風的浪潮

　　1958年中國作家協會為響應「大躍進」曾召開會議，向作家們發出了「作家們！躍進，躍進，大躍進，大躍進」[31]的號召。當時整體社會建構出的環境是，全面大躍進，依照魯振祥的記述，當時：「要求各個地域，各行各業，各種工作乃至各個階層的人們都要大躍進……不但在工作上，而且在思想和世界觀的改造上也要大躍進……全面大躍進不僅指經濟建設和各項工作的發展速度，而且指一種精神，一種氣勢，一種圖景，要在全國上上下下都形成一種大躍進的氛圍」[32]。

　　在凡事要求大幅度的跳躍前進之下，趙俊賢認為：「高指標風、浮誇風、共產風、強迫命令風席捲神州大陸」[33]。李慶剛在研究大躍進議題的文章中則提到：「王淑姣認為「高指標、瞎指揮、

---

[30] 周志建，《故事的療癒力量：敘事、隱喻、自由書寫》，頁279。
[31] 陳恕，《冰心全傳》，頁315。
[32] 魯振祥，〈共和國史上「大躍進」一詞的應用與演變〉，《中國經濟史研究》，（2004年第1期），頁155。
[33] 趙俊賢，〈大躍進時期文學史論略〉，《西北大學學報》（哲學社會科學版），（2001年第2期），頁82。

浮誇風、共產風是時代的鮮明印記」[34]。高其榮則進一步闡釋浮誇
的意義：「認為只要努力就可能實現的浮誇形式，為不自覺浮誇。
而誇大成績，明知假而為之的浮誇形式為自覺浮誇。不自覺浮誇是
說大話，自覺浮誇是說假話」[35]。易言之，即整體社會的人們都籠
罩在說大話、說假話，虛浮誇張的主流意識中。無論是自覺或不自
覺，有意願或無意願，人人都被席捲而來的浮誇風浪潮糾纏著，難
以脫身。身為作家的冰心自然無法置身事外，在那個狂妄時代，特
殊文化語境下書寫的作品，其創作的筆調或敘述，都「揭露出文化
的印記」[36]，並且無可避免的雕琢著浮誇風的痕跡。

二、春天的新想像

在讚頌大躍進的作品中，冰心常以「春」字，比如「春風」、
「春氣」、「春天」來隱喻大躍進的蓬勃發展與生氣盎然。首先聚
焦的是冰心的〈春風得意馬蹄疾〉。這是冰心1958年2月25日，發
表在《詩刊》的作品，是一首謳歌大躍進的詩歌。冰心是這樣敘述
頌揚內容的：

呼嘯一時的西風過後，

---

[34] 李慶剛，〈2010年以來「大躍進」研究若干問題綜述〉，《當代中國史研究》，（2017年第1期），頁109。

[35] 高其榮，〈論大躍進「浮誇風」的表現形式和基本特點〉，《雲夢學刊》，（2002年第2期），頁43。

[36] 麥克・懷特著，丁凡譯，《敘事治療的實踐——與麥克持續對話》，頁50。

　　　　追到前頭的，是

　　　　豪邁馳蕩的東風

　　　　夾帶著一天的春氣！

　　　　春風得意馬蹄疾

　　　　它高舉著飄飄的鮮紅的旗幟，

　　　　馳過九百萬平方公里的郊原，

　　　　來指揮六億人的勞動大合唱。

　　　　千萬把鋤頭，千萬盞燈，

　　　　千萬座煙囪冒起濃煙，

　　　　千萬個山丘河流變了樣，

　　　　來迎接這空前未有的春天。

　　　　朋友，這「空前」僅僅是個開始，

　　　　東風還要徹底地壓倒西風，

　　　　一年，五年，十五年，五十年，

　　　　我們面前還有無數個奮鬥的春天！[37]

　　這首詩歌使用不少隱喻。比方「東風」與「鮮紅的旗幟」象徵
的是共產黨。而「勞動大合唱」表現出勞動人們的集體力量。至於
「鋤頭」、「煙囪」與「山丘河流」展示的是參與勞動的行業。繼
而「春天」、「春氣」、「春風」標舉的則是蓬勃發展的企圖心。
在冰心強調的語氣敘述下「千萬把鋤頭，千萬盞燈，千萬座煙囪冒

---

[37]　冰心，〈春風得意馬蹄疾〉，《冰心全集》第四冊，頁3-4。

起濃煙，千萬個山丘河流變了樣，來迎接這空前未有的春天」的文字，可以知曉冰心形塑出大躍進農業、工業、水利等行業積極開疆拓土的景象，以春天的新生發芽及生機盎然的意象，寄希望於未來。

其次探討的是冰心的〈我們這裡沒有冬天〉，同樣是1958年發表的作品。這是冰心1958年2月26日，刊登在《人民日報》的作品，其寫作的筆觸及風格都屬於讚頌大躍進的文章。此文距離上一篇〈春風得意馬蹄疾〉的登載日期，僅有一日之隔。文本中，冰心以北京的冬日天氣作為敘事的起點，以生命的時間軸為序，採對比的方式，書寫出胡同兩旁的門洞裡，人們的痛苦與喜悅，以及冬天與春天的氣候反差，藉以反映出大躍進前後迥然迥異的生活景況。這種以對照組作為比較的對比式的敘述，在冰心的作品中，比如〈兩個家庭〉、〈最後的安息〉、〈空巢〉等都可見到相類似的寫法。

在〈我們這裡沒有冬天〉的文本中，冰心是這樣描寫對比場景的，首先是痛苦的現象：「胡同兩旁的門洞裡，永遠有幾個蜷伏著的人，要飯的，撿破爛的……凍得發紫的臉，顫抖的四肢，衣衫像枯葉一樣，一片一片的掛在身上，嘴裡發著斷續的呻吟，看到這些痛苦的形象，我們腳下不自覺地走快了」[38]。繼而轉變的是開心的現場：「最痛快的是，大門洞裡在看不見那些痛苦的形象，聽不見呻吟的聲音。從那裏出來的，是上學的、上工的、上班的男

---

[38] 冰心，〈我們這裡沒有冬天〉，《冰心全集》第四冊，頁5。

女老幼，衣履樸素而整潔，嘴邊帶著寧靜的微笑，昂首挺胸地往前走」[39]。冰心透過從「蜷伏著，要飯的，撿破爛的，凍得發紫的臉，顫抖的四肢，衣衫像枯葉一樣」，到「是上學的、上工的、上班的男女老幼，衣履樸素而整潔，嘴邊帶著寧靜的微笑，昂首挺胸地往前走」的大躍進前後反差描寫，呈現出同樣的場景，同樣的人們，卻有截然不同的迥異生活景況。

不僅如此，冰心更以想像的語調，描繪沒有冬天只有春天的景象，冰心敘述說：「尤其是去年一九五七年，就彷彿沒有冬天。雖然在氣候上，也刮過風，下過雪，凍過河，但是在人們口中，就沒有聽見過『冬天』兩個字，什麼『消寒』，『冬閒』，『冬眠』，都成了過了時的詞彙。就在我執筆之頃，人們身上的棉衣還沒有脫，北海的冰也沒有化，草也沒有青，柳也沒有綠，而春意早已瀰漫在北京的城郊了」[40]！在舉國充斥浮誇風的喧囂聲中，等同「消極」、「頹廢」與「無作為」的「消寒」、「冬閒」、「冬眠」的字眼，自動在人們口中消失得無影無蹤。

這時只有讚頌領導高層的書寫模式，才有機會讓作品被看見。因此當冰心以作家的視野，建立著：「在如火如潮的革命幹勁裡，『五年看三年，三年看頭年，頭年看前冬』，我們同心協力地在田野上，在河灘上，在工地上，在……把春天往前拉了三個月，人民心裡光明溫暖的春天，把嚴冬給吞沒了」[41]的浮誇視框，

---

[39] 同上，頁5-6。
[40] 同上，頁6。
[41] 同上。

甚至明快直接的寫明「我們乾脆說一句大白話：『我們這裡沒有冬天！』」[42]的話語時，在當時眾聲喧嘩的浮誇年代裡，也就顯得不足為奇了。透過敘事治療的語言來說，冰心經由隱喻的書寫，「發展重寫對話（re-authoring）的空間」[43]，將眼裡的熱情，轉化成期待欣欣向榮的春天，重新體會生命經驗的新敘事。

三、幸福的小讀者

關於1958年大躍進時期創作《再寄小讀者》的緣起，冰心自己是這樣回憶的：「當時在作協開一個會。作家們互相挑戰，有的說要在一年裡寫出幾個劇本，有的要寫幾本小說，一位朋友對我說：「你就來一個〈再寄小讀者吧！〉我滿口答應了」[44]。冰心接下任務之後，便開始思索要如何再與小朋友們談心？內容要再寄些什麼呢？思前想後的冰心認為：「1958年前後，我出國的任務比較多，就覺得我應該給廣大的孩子們寫些國外的見聞，來增加他們的知識，和對於外國的了解。因此〈再寄小讀者〉的內容，大都是反映與各國人民友好的交往，以及外國的山川人物，其中也有反映我們祖國社會新風貌，和我自己的新感受」[45]。於是冰心在明確寫作方向之後，便開始動筆，與她一向最喜愛的小朋友們通訊談心。

---

[42] 同上。

[43] 麥克・懷特著，黃孟嬌譯，《敘事治療的工作地圖》，頁26。

[44] 冰心，〈兒童文學工作者的任務與兒童文學的特點〉，《冰心全集》第五冊，頁515。

[45] 同上。

　　其實冰心在抗戰時期早已寫過〈再寄小讀者〉，共計通訊四篇。其中〈通訊一〉到〈通訊三〉集中發表在1943年1月份的重慶《大公報》，分別在1月1日、1月4日、1月18日陸續刊出。之後經過一年多的時間，才於1944年12月15日發表〈通訊四〉，同樣刊登在重慶《大公報》。或許是因為面對戰時慌亂，家人親友離散的不安定歲月，以及對未來的不確定感，因此這四篇通訊談的內容主要圍繞在冰心身為人母的心境、對母親的感懷，以及對友誼與生命的體悟。

　　對於發生〈再寄小讀者〉同名的狀況，一直到1985年，冰心寫給蕭鳳的信件中，冰心自己敘述說：「1944年我在四川應《大公報》之約曾寫過四篇〈再寄小讀者〉，自己也忘了。因此58年又寫了〈再寄〉」[46]，於是最終由冰心親自解開〈再寄小讀者〉鬧雙包之謎。

　　與抗戰時期有幾個不同之處的〈再寄小讀者〉，首先是創作背景不同，其寫作於大躍進年代，周遭充斥浮誇風的氣息。其次是創作年限不同，橫跨三個年度，從1958年寫到1960年。第一篇〈再寄小讀者‧通訊一〉，發表於1958年3月18日《人民日報》。第二十篇，也就是最後一篇〈再寄小讀者‧通訊二十〉，寫作於1960年3月27日，發表於1960年第9期《兒童時代》。再者是發表刊物不同，分別發表在《人民日報》、《兒童文學叢刊》、《兒童時代》三個不同的報刊雜誌，屬於不定期的發表形式。由於創作有相當的

---

[46] 冰心，陳恕、周明編，《冰心書信全集》（北京：人民文學出版社，2010年），頁104。

時間跨度，因此通訊內容很多元化。

以冰心自己的話說，就是她：「只挑出途中最突出的奇麗的景物，來對小朋友們說一說」[47]。例如訪問舉世聞名的義大利水上城市威尼斯，冰心就以可愛的語氣跟小朋友們說：「這裡沒有車馬，只有往來如織的大小汽艇，代替了公共汽車和小臥車；此外還有黑色的、兩端翹起、輕巧可愛的小游船，叫做Gondola，譯作『共渡樂』，也還可以諧音會意」[48]。冰心一邊介紹有趣的事物，同時還不忘提及相關的人文典故，以增進小朋友們對歷史的認識與了解。

冰心還告訴小讀者們：「元朝時，商人馬可波羅到過中國，他在揚州做過官，在中國住了二十多年，回到威尼斯之後，寫了一本遊記，極稱中國文物之盛。在他的遊記裡，曾仔細地描寫過盧溝橋，因此直到現在，歐洲人還把盧溝橋稱作馬可波羅橋」[49]。後來造訪蘇格蘭，看見名聞遐邇的蘇格蘭的管樂隊，冰心又將演奏時管樂隊的特殊裝扮，分享給小讀者們知道，冰心敘述說：「演奏者穿著多摺的方格子短裙和長襪，長襪口上斜插一把小刀，腰間掛上一個刻花的皮袋，他們演奏的常常是蘇格蘭最動人的民歌」[50]，生動描繪出演奏者鮮活的溫馨形象。

冰心向來認為：「親愛的小朋友們，本來就是我寫作的對象」[51]，因此提及為小朋友創作的前提是：「你們會感興趣，會對

---

[47] 冰心，〈再寄小讀者〉，《冰心全集》第四冊，頁19-20。
[48] 同上，頁25。
[49] 同上。
[50] 同上，頁31。
[51] 同上，頁14。

你們有益的，我都要盡量地向你們傾吐」[52]。基於這個緣故，冰心除了向小朋友們介紹國外參訪的新鮮事物與歷史人文之外，也涵蓋國內的參訪感想。比方說參觀「十三陵水庫工地」[53]、「花園口灌溉中心」[54]等等。尤其是冰心敘述：「參觀人民大會堂，莊嚴肅穆氣象萬千」[55]帶給她揚眉吐氣的自豪感受，讓冰心認為新中國一切的成就都非黨國莫屬。

在這樣的熱情語調之下，冰心歌頌黨國的流行術語，就成為《再寄小讀者》通訊中，不時穿插出現的特定語彙。比如慶祝六一兒童節，為小朋友們獻上賀詞時，冰心是這樣敘述的：「小朋友，一提到今天兒童的幸福生活，……毛主席是最關懷最愛惜你們的呵」[56]。提及黨慶時，冰心敘述說：「我們親愛的黨三十八歲的生日。我們全中國的人民，都在歡欣鼓舞地迎接這個偉大的生日」[57]。當冰心受邀成為國慶典禮的觀禮貴賓時，充滿朝氣與活力的國慶日，頓時成為冰心眼中的新世界，她幸福地描述說：「今年的國慶日，當我站在觀禮台上……我深切的感到社會主義國家裡的兒童是何等的幸福，前途是何等的光明」[58]。從誇讚黨的豐功偉業，再到體現社會主義國家的兒童，描述充滿光明未來的幸福感，當冰心將這些特定的語言訴諸浮誇的筆調，清晰的顯現在文本當

---

[52] 同上，頁15。
[53] 同上，頁18。
[54] 同上，頁38。
[55] 同上，頁49。
[56] 同上，頁37。
[57] 同上，頁40。
[58] 同上，頁51。

中，解構後實際上就是屬於政策的置入性行銷書寫。

　　而我們後設式的將冰心的文本重新置入「原生的文化脈絡裡面」[59]來看，就能以「感同身受的同理心」[60]，理解冰心對黨國的頌揚，與對生活美好禮讚的書寫立場，進而採取寬廣的視野，看待冰心嚮往的浮誇幸福感與光明感的自我敘事。

第三節　動亂中的玫瑰

一、順民的卑微敘事

　　從1966年紅衛兵「破四舊」[61]開始，到1976年為止是「浩劫與災難的文革十年」[62]，當時的主流認知是「橫掃一切牛鬼蛇神，把所謂資產階級的『專家』、『學者』、『權威』、『祖師爺』，打得落花流水，使他們威風掃地」[63]。在此前提之下，身為作家的冰心，及身為學者的丈夫吳文藻，也被歸入眾多要打倒的對象之列。

---

[59] 楊蓓，〈在孤獨中，享受生命的滿溢〉，白崇亮、呂旭亞、李文媛、殷正洋、侯俊明、陳文玲、陳登義、曹中瑋、楊錦聰、楊蓓、詹美涓合著，《心靈秘境：11個生命蛻變的故事》（臺北：心靈工坊文化事業公司，2010年），頁173。

[60] John D.Delamater、Daniel J. Myers、Jessica L. Collett合著，陳增穎譯，《社會心理學》（新北：心理出版社，2019年），頁346-347。

[61] 所謂「破四舊，立四新」，即「大破一切剝削階級的舊思想、舊文化、舊風俗、舊習慣」，「大立無產階級的新思想、新文化、新風俗、新習慣」，是1966年8月召開的黨的八屆十一會通過的《關於無產階級文化大革命的決定》中首先提出來的。金春明，〈破四舊，立四新的歷史反思〉，《中共中央黨校學報》（1997年第1期），頁20。

[62] 陳恕，《冰心全傳》，頁334。

[63] 同上。

　　在現有已出刊的《冰心日記》當中，冰心對1966年8月文革初期紅衛兵的抄家行動，曾寫下的數則日記，十分具體地呈現當時被抄家的現場實錄。冰心在1966年8月27日的日記中，對紅衛兵來抄家的過程及抄家的內容，是這樣記載的：「預科一部紅衛兵來，拿走了幾包不合於毛澤東思想的書，有《警世通言》等，《關帝廟靈簽》、蘇聯修正主義作家作品等，此外有韓素英、歐陽山、周而複等作品。他們電話是443，隨時有書，還可交去」[64]。此時「《警世通言》」、「《關帝廟靈簽》」等通俗書籍，成了破四舊的理由與證據。尤其是這段「他們電話是443，隨時有書，還可交去」的敘述，明確傳達兩件事，第一件事是交書的管道，第二件事是交書的時間。

　　首先是交書的管道，指的就是「他們電話是443」這件事。「他們電話是443」的這個「他們」，所代表的語言背後，「呈現出的是一種價值，一個文化」[65]。而這個被呈現出的價值或文化，以後現代色彩濃厚的敘事治療角度而言，認為「社會是在語言中建構他們的現實觀」[66]。換句話說，當時「紅衛兵」不僅是當紅的潮流符號，標舉的更是高張的主流意識，其價值在於擁有呼風喚雨，破四舊的抄家權力，因此紅衛兵不僅是敘事隱喻，更是一種權力表彰的現實觀。

　　其次是交書的時間，指的是「隨時有書，還可交去」這件事。

---

[64]　冰心著，王炳根編，《冰心日記》（北京：作家出版社，2018年），頁124。
[65]　周志建，《故事的療癒力量：敘事、隱喻、自由書寫》，頁115。
[66]　吉兒・佛瑞德門、金恩・康姆斯合著，易之新譯，《敘事治療——解構並重寫生命的故事》（臺北：張老師文化事業公司，2021年），頁63。

這句「隨時有書，還可交去」，代表的是權力結構的不對等狀態。是位居上位的有權力的「我」，啟動發言權，對身處下位的無權利的「你」，發號施令。由於受主流趨勢的影響，以傅柯的話闡釋就是：「在權利者的注視之下，有可能成為順民的傾向」[67]。在這樣被注視的環境當中，我們看見一種上對下，毫無可能發展對話空間的權力型態。其中潛藏的關鍵就是「我」命令「你」，因此人微言輕的無權無勢的弱者，勢必隨時自我檢查，必須自動交書，成為屈從權威的順民。

歷經過第一次抄家事件之後，隔日冰心立刻對破四舊整理出自己的看法。在1966年8月28日的日記當中，冰心記載全家人如何一起破四舊，冰心是這樣敘述這個過程的：「晨，宗生小妹都回家，大家談文化大革命必須徹底，尤其是我們這種家庭，必須徹底破舊立新。我們又買了紅紙，重新寫了林彪語錄，我們把毛主席像掛在客室當中，兩旁也貼上語錄。午飯後，小妹夫婦回校，凌霞晚飯後走，宗生買不到回津車票，定明早行，我向預科一部紅衛兵匯報宗生不走事(電話)」[68]。藉由冰心在日記中敘述的破四舊過程，看見冰心對「我們這種家庭，必須徹底破舊立新」的新認知，並採取「買紅紙、重寫語錄、掛畫像」清晰具體的破四舊作法。而「宗生買不到回津車票，定明早行，我向預科一部紅衛兵匯報宗生不走事（電話）」這件事，不僅是書面上理解的報告行蹤，更重要的是，

---

[67] 同上，頁78。
[68] 同註64，頁124-125。

在隱而未說的行蹤報告下，生活在受當權者「凝視（gaze）」[69]的被監視狀態裡，便如同生活在傅柯所指的「因為永遠有人看著你，因為永遠被人看著，所以能夠使人保持紀律，永遠順服」[70]的環境氛圍中，也因此掌握發言權力，具備強悍詮釋語言認知的當權者，就順勢成為製造順民的來源，就此順民在當權者眼裡，「行住坐臥」[71]無所遁逃，過著儼然透明人般的生活。

　　家人是命運共同體，是彼此互相扶持，互相倚靠的堅實臂膀。家人的一舉一動牽動彼此關懷的心意，在冰心1966年8月29日的日記中，也提及丈夫吳文藻被紅衛兵命令勞動的情況。冰心敘述說：「晨，有紅衛兵叫文藻去參加每晨四小時的勞動。下午文藻即去報到」。[72]就在吳文藻接獲命令，開始每天早晨的四小時勞動後，第二天，也就是1966年8月30日，冰心在日記中，寫下了請求停發工資這樣的一段文字：「晨，發作協黨總支一信，請求：停發工資，我的定期存款（全部）以及出國衣裝並收的禮物以及自己衣飾，都還給國家」。[73]從「發作協黨總支一信，請求：停發工資」的簡短敘述來看，我們無法知道當下冰心遭受到何等被逼迫欺壓的景象，但是在閱讀日記，進入冰心生命經驗的同時，「隱身的情緒」[74]也

---

[69]　麥克・懷特著，徐曉珮譯，《故事・解構・再建構：麥克・懷特敘事治療精選集》，頁97。
[70]　同上，頁116。
[71]　全佛編輯部編，《大乘本生心地觀經・勝鬘經・如來藏經》（臺北：全佛文化出版社，1996年），頁27。
[72]　同註64，頁125。
[73]　同上。
[74]　周志建，《情緒治療：走出創傷，BEST療癒法的諮商實作》，頁215。

在我們聆聽冰心敘說她的生命故事時顯現。

這不是以物易物的年代，日常生活所需還是得要有薪資收入，以實際的金錢負擔最基礎的食衣住行等開銷花費。不僅如此，冰心還留下「我的定期存款（全部）以及出國衣裝並收的禮物以及自己衣飾，都還給國家」的文字記載。然而隱藏在這些文字的背後，顯露出的是不安恐懼的情緒，以及高強度的焦慮壓力。「在文革的高壓情勢下，冰心自己提出將錢物全部還給國家」[75]。試問，如果不是遭遇到無法言說的極端恐懼狀態，有誰能夠將賴以為生的工資、定期存款與衣物都可以全部放棄到一點不留？由此可見冰心在當下體會的痛苦與懼怕的感受，顯然遠遠超乎我們的想像，幾乎是徹徹底底成為順民。

在文革破四舊的風聲鶴唳中，除了被逼迫拋棄錢財衣物的有形破四舊之外，在思想上也必須破四舊。關於在思想上要破四舊這一點，冰心在1966年8月31日被紅衛兵再度抄家的日記上，就如何對思想上破四舊，冰心是這樣敘述的：「下午三時，有北京外語學院毛澤東思想赤衛隊第四分隊隊員十人左右，來家檢查書籍中之不合毛澤東思想者(如有封建主義、資本主義、修正主義毒素的)，還有其他違禁物品，最後帶走了些文藻日記本上有蔣介石照片者等等，並留下問題八條，貼了大字報等。這是青少年橫掃我們思想上的牛鬼蛇神，一定好好接受，和他們一起對自己鬧革命。」[76]。從「這

---

[75]　王炳根，〈冰心在「文革」中〉，《新文學史料》，（2006年第3期），頁132。

[76]　同註72。

是青少年橫掃我們思想上的牛鬼蛇神，一定好好接受，和他們一起對自己鬧革命」的語氣裡，受到衝擊的冰心認為自己應該好好反省，洗刷舊想法，離開思想上的牛鬼蛇神。

二、罪狀的陳列訴說

　　縱使冰心自動請求停發工資，上繳所有定期存款與財物，但是紅衛兵的抄家行動仍舊未停歇，緊接著1966年9月1日又有新一波的行動。據陳恕的描述：「民院紅衛兵來到和平樓208室，全面抄家。他們拿走照片、紀念品、手錶、半導體袖珍收音機、皮鞋、衣物等。然後把箱子、櫃子等物品搬到中間的客廳，門上貼上封條」[77]。紅衛兵恣意查封抄家，毫無忌憚。對於被抄的事件，冰心晚年九十歲時回憶起當年文革抄家的情景，冰心在文本中敘述說：「十年動亂期間，紅衛兵來抄我們的家，從我的書桌抽屜裡，抄出許多我以文化友好訪問團員的身份，在海外各地同外國朋友們照的相片。紅衛兵問：『你從五一年回國後的十幾年中，為什麼到國外去了十幾次？什麼日本、印度、埃及……你同外國人幹的什麼勾當？』我想說：我能自己想出國就出國嗎？但紅衛兵們不許我開口」[78]。在當時處處受侷限的年代，誠如冰心所言「我能自己想出國就出國嗎」？由此可見她都是因為接受上級命令，奉派以團進團出的方式，到海外參訪交流。既然是參訪團性質，拍團體照本來就

---

[77]　同註62，頁336。
[78]　冰心，〈人民外交的十六個字〉，《冰心全集》第七冊，頁271。

是行程項目必備的程序，但是被喝令「不許我開口」的冰心，此時只能啞口無言。

　　不僅如此，冰心還敘述說紅衛兵特地為她「開了一個罪狀展覽會，還要我自己去講解」[79]。紅衛兵要冰心交代銀元、金錶、旗袍等由來。當冰心「被勒令掛上一個大三合板的牌子，上面寫著『資產階級黑作家謝冰心』，『謝冰心』三個字上打上紅叉叉」[80]走進展覽會場時，見到迎面而來的一大筐銀元，面對這些不是自己的財物，冰心敘述說：「這一筐銀元，不是我的；還有三塊金手錶，我說：我只有一塊。他們就喝令我：『不必講了，站在一旁聽批鬥吧！』」[81]。冰心話都還沒說完，就在「『不許謝冰心抵賴』！『打倒謝冰心』！的高聲呼喊中，頂著烈日，達數小時，接受紅衛兵的責問和批判」[82]。冰心沒有機會作解釋，只能在烈日下，任憑紅衛兵進行長達好幾小時的批判指責。

　　召開批鬥冰心的罪狀展覽會不是短期一天兩天而已，冰心在描寫批鬥展覽會的過程時敘述說：「這個展覽會開了一個多月，招來了許多參觀者。會後紅衛兵們把展品退還給我，但沒有那一筐銀元！我把不是我的東西，如兩塊金手錶、旗袍、絲襪等都退了回去，那幾十張同外國友人集體照的相片，都已污損不堪，一氣之下，我把海外友人和我自己一把火都燒成灰燼」[83]。其中「展覽會

----

[79]　同上。
[80]　同註77。
[81]　同註78。
[82]　同註77，頁336-337。
[83]　同註78。

開了一個多月，招來了許多參觀者」，無非是藉由拉長時間，讓冰心被批鬥成為人盡皆知的事，以達到令人顏面掃地的目的。而「會後紅衛兵們把展品退還給我，但沒有那一筐銀元！我把不是我的東西，如兩塊金手錶、旗袍、絲襪等都退了回去」，這些話語，正是冰心傳承了當年爺爺告訴過她的自勉詞「有為有弗為」[84]的寫照。而冰心筆下「那幾十張同外國友人集體照的相片，都已污損不堪，一氣之下，我把海外友人和我自己一把火都燒成灰燼」的強烈字眼，其實反映出冰心溫和但是一點都不軟弱，其內心剛毅的堅強性格。

三、牛棚的生命經驗

冰心在文革期間也和許多作家一樣，被集中管理關進牛棚。「冰心關進牛棚的時間為1966年10月6日至1969年底。所謂『牛棚』，是文革中的專用語，就是關押『牛鬼蛇神』的地方」[85]。在牛棚中的還有許多的作家們，當時作家們「挨批鬥、學手澤、寫交代材料、幹體力活」[86]，就是牛棚生活的日常時刻。冰心在牛棚被分派的工作是，負責清潔打掃中國文聯大樓四樓的廁所。造反派還把冰心「以前的作品全部當成大毒草進行批判」[87]。只要是屬於

---

[84] 冰心，〈我祖父的自勉詞〉《冰心全集》第七冊，頁352。
[85] 王炳根，〈冰心在「文革」中〉，《新文學史料》，（2006年第3期），頁133。
[86] 同註77，頁338。
[87] 同上，頁339。

「以前的」、「舊的」，就是造反派眼中要破除改造批鬥的對象，冰心在這之前所寫的文本，也歸類為被批判的項目。

　　當眾人都對所謂牛鬼蛇神敬而遠之，怕受牽連，任何人都避之唯恐不及的時候，世間還是有溫暖的。那就是過去冰心曾採訪報導過五個孤兒兄妹，並將他們的故事寫成〈咱們的五個孩子〉。當時「其中一個名叫同慶的女孩子就曾來看望冰心」[88]。在這種艱困時刻，透過同慶與冰心的對話，令人感到溫暖。「同慶對冰心說：『謝奶奶，我看您來啦，您可好哇』，而冰心則是提醒同慶『你怎麼敢冒這個風險，孩子』」[89]，對於「你怎麼敢冒這個風險的孩子」來看望自己，冰心深受感動，淚流滿面。想不到在文革人人自危的年代，竟然還有孩子不怕受牽連，自發性的探望冰心，一句「謝奶奶，我看您來啦，您可好哇」的慰問話語，承載的不僅是孩子對冰心的關懷，更是一份人性的光輝禮物。

　　生活在牛棚的冰心，1967年夏天「已經被打成黑幫」[90]。冰心萌生再次將存款交出的想法。依陳恕的記載，冰心請《人民文學》的周明代為轉交，冰心對周明說明轉交的緣由，冰心向周明敘述說：「這幾萬元存款，本是人民交給我的薪俸。我沒有多少用處，子女們也都各有工資，更不需要。取之於民，還之於民吧，國家還可以拿這錢投資搞建設。這件事你幫我辦了，只讓經手人知道，我不是為別的，不希望張揚」[91]。冰心的「這幾萬元存款，本是人民

---

[88] 同上。
[89] 同上。
[90] 同上。
[91] 同上，頁340。

交給我的薪俸。我沒有多少用處，子女們也都各有工資，更不需要。取之於民，還之於民吧」的語句，隱而未顯的是身心仍舊處於高壓緊張的狀態，只要有造反派在的一天，批鬥認罪就化成枷鎖，成了重壓在身上無止盡的身心煎熬。後來這筆錢依據陳恕的記載，因為當時無專人處理，加上冰心並不是黨員，也無法作為黨費支出，最後存款就被退回不收。

　　然而造反派的批鬥這件事，並不是從關進牛棚才開始。而是從文革一開始就有的。冰心就曾經因為太過緊張，「將『報社』說成『報館』，造反派就說她是『自然暴露』，要她低頭認罪」[92]。僅僅只是因為緊張，僅僅只是因為一個詞彙的新舊說法不同，就要低頭認罪。在造反派的眼裡，只要是說得不順他們的意，只要是聽得不順他們的意，就是錯誤，就是有罪。此時，「權力像是被埋藏在地底下，而不是發展成一個更平等的互動環境」[93]。在造反派的認知中，權力是他們獨有專屬，因此被批鬥的人，唯有俯首稱臣做順民，別無他法。

　　牛棚中接受批鬥，做勞動工作都是日常的功課。冰心接受的批鬥還不只如此。據陳恕記載，造反派還「批鬥冰心是司徒雷登的乾女兒，由於冰心站的時間太長，頭上的汗直往下滴，有點支持不住，這時有人大喊『謝冰心滾下去』！冰心慢慢離開土台，有人指點她到草垛邊休息。冰心坐下來，方才明白，是那位喊她滾下來的

---

[92] 同註86。
[93] 吉姆・度法，蘿拉・蓓蕊思合著，黃素菲譯，《敘事治療三幕劇：結合實務、訓練與研究》，頁34。

人幫了她」[94]。這件事是發生在1968年，當時冰心已經是68歲的老人，長時間站著被批鬥，讓人看著於心不忍。這位不知名的群眾，口裡喊出「謝冰心滾下去」時，看似極端無禮粗暴，實則蘊含憐憫同情之心。誠如蔣勳提過他對文革時期「聲音」的看法，蔣勳認為：「我相信經歷過文革的人都知道聲音是假的，有時候只是虛張聲勢」[95]。此時聲音的音量與因說話而產生的表情，都成為伺機解救人們的隱形工具。在使用聲音的背後，更深一層的意涵是潛藏著阿德勒所談的身為人類的同理心，更是人們內心最柔軟的惻隱情懷。

四、文革的自我敘事

　　文革十年期間，冰心經歷過被造反派抄家、開過罪狀展覽會示眾批鬥、與其他作家集體被勒令在牛棚改造勞動，也曾經下放咸寧與沙洋兩個五七幹校進行勞動改造。尤其是1970年文革期間，冰心曾經陸續寫了28封信給家人，統稱為「致家裡人」[96]。王炳根曾提出：「是冰心在特殊年代所堅持的親情寫作，是一部既有很高史料

---

[94] 同註62，頁340-341。
[95] 蔣勳，《孤獨六講》（臺北：聯合文學出版社，2015年），頁105。
[96] 這是冰心1970年寫的家書，十年動亂中，冰心一家分散各地，無法一一寫信，往往是同一封信傳寄傳看，互通音訊。由冰心的大女婿李志昌根據原信整理。信中的大妹或宗遠即大女兒吳冰，老二或小妹即小女兒吳青。陳凌霞為兒媳，陳恕為小女婿。鋼鋼是吳青的兒子陳鋼，山山和江江是吳平的兒子吳山和女兒吳江。冰心，《冰心全集》第八冊，頁85。

價值、又有很高文學價值的作品」[97]的論點。而我們則認為，更重要的是冰心經歷實際的勞動改造，以及與家人四散各處的離散狀態下，以親身實踐的方式，書寫出對生命意義的感悟。

　　藉由書寫家信的過程，冰心不僅記載了文革當時的勞動生活等各項遭遇，同時更書寫出對家人深刻的關懷，與濃厚的親情。以意義治療法的觀點而言，冰心在文革歲月中，經由「藉著創造、工作；藉著體認價值；藉著受苦的三種不同的途徑發現生命的意義」[98]，而這組《致家裡人》的書信，則充分展現冰心在文革下放時期體會出的生命意義。關於生命的意義，冰心是這樣看待的：「人活著就是要讓別人生活的更好，要愛和同情你周遭的人」[99]。也就是要朝大家共好，以同理心為基準點，共同創造更美好的世界。

　　這組《致家裡人》的家信，就是冰心以大家共好，以關懷的心態為出發點，寫給家人的書信。信件書寫的落款時間，第一封信是1970年1月8日，最後一封信是1970年11月14日。這是冰心第一次下放改造，由於剛剛抵達，再加上二月份適逢春節，因此一、二月份冰心就寫了十多封信給家人，幾乎佔了整組信件的二分之一。信件裡的內容，主要提及的大多是剛到幹校的生活情形，以及心中對家人的想念與關心。

　　對於那時候剛下放的克難居住環境，冰心是這樣描述的：「我

---

[97] 王炳根，〈冰心在「文革」中〉，《新文學史料》，（2006年第3期），頁134。

[98] 弗蘭克著，趙可式、沈錦惠合譯，《活出意義來：從集中營說到存在主義》（臺北：光啟文化事業，2012年），頁136-137。

[99] 冰心，〈人活著就是……〉，《冰心全集》第四冊，頁128。

住的是魯家灣，五連二排的住處，在一位貧農的家裡，女同志六人住一屋，很小，緊緊的擠在一起，被窩是太少了，同志們給我湊了一床褥子，一床被子……屋裡伸手不見五指，這本是農民堆柴火的，我們堵起來住人，窗戶很小，很黑」[100]。不僅六個人硬擠在柴火間居住，還因為室內漆黑光線嚴重不足，也讓「寫信」這件稀鬆平常的事，頓時提昇許多困難度。冰心就以無奈的語氣，提及寫信是件不容易的事。冰心敘述寫信的過程說：「Daddy信要我用複寫紙寫或星期六寫信，那是不明白我們這裡的環境，不用說我沒有複寫紙，就是有也沒有地方寫。我每信都在床邊或膝上寫的。我們屋很暗，白天也得開門寫，冷也顧不得了」[101]。為了寫信給家人，冰心只能克服環境造成的不便，連寒冷的氣候都得暫時忘卻，擱在一邊。利用「在床邊」或「在膝上」寫信，把「床邊」或「膝上」變成書桌的代名詞，「創造」了書寫的場域。

　　以意義治療的觀點而言，冰心不僅「創造書寫場域」，也「創造出有別於當時的書信寫法」，這是一種具有生命意義的書寫。冰心寫給家人的書信，信件幾乎都是以「親愛的」[102]作為開頭語，而以「親大家一口」[103]或是以「寄無限之愛」[104]作為結尾語。然而那時候受制於文革「意識形態」[105]高張的情形下，當時書信的主流

---

[100] 冰心著，陳恕、周明編，《冰心書信全集》，頁398-399。

[101] 同上，頁403-404。

[102] 同上，頁396。

[103] 同上，頁411。

[104] 同上，頁401。

[105] 劉再復認為：所謂意識形態，就是與某種「經濟基礎」相適應的，屬於「上層建築」範疇的世界觀、社會觀、歷史觀等，因此，意識形態乃是指涉某種

寫法，依據王炳根的敘述是：「首先讓受信人共同來閱讀毛主席語錄，用的稱呼是「某某戰友」這種很生硬的詞，最後祝『萬壽無疆』之類」[106]。此種生硬制式的語句及寫法，在冰心的家書中完全不見這種現象。冰心的家信書寫中，所使用的「親愛的」、「親大家一口」、「寄無限之愛」的詞彙，除了是以可愛的語調，輕柔的表達對家人溫暖的關懷之外，其「話語的旋律（talk that sings）」[107]，訴說的就是濃濃的親情，以及最親愛的家人。而這「最親愛的家人」，正是文革時期支撐冰心用心生活，最重要的動能。同時更是冰心努力生存，期待十年動亂風暴結束後，最重要的意義。

提及下放勞動改造，冰心對工作內容是這樣敘述的：「這兩天的勞動先是拾糞（牛糞）。現在又看菜地，防豬和牛來吃菜，拾糞走得很遠，拾糞也出汗。看菜地好一些，不過下雨也得走在雨中」[108]。對於冰心抬牛糞這件事，據吳泰昌回憶：「她先在飼養班與年輕人一起抬過糞桶，抬的是乾牛糞，據說連糞桶在一起也有二三十斤」[109]。從吳泰昌的回憶裡可以知道，對當時已經是七旬老人

社會功利需求的理念與觀念。劉再復，《文學四十講：常識與慧悟》（新北：聯經事業出版公司，2021年），頁42。
[106] 王炳根，《王炳根說冰心》，頁154。
[107] 話語中的旋律一詞由Bird所創。指的是：人常常在某時期，特別聆聽某歌曲時，便把當時的情景、心情與故事與歌曲連結在一起，往後若再聽到該首歌曲，當時的這些情景、心情與故事遂又浮起；而話語也有相同的效果，某些話語可能連結特定的情景、故事及情緒。Jane Speedy著，洪媖琳譯，《敘事研究與心理治療》（臺北：心理出版社，2010年），頁5。
[108] 同註100，頁404。
[109] 吳泰昌，《我知道的冰心》，頁2-3。

的冰心來說,拾糞是一項「很有重量」的工作,後來改看菜地,才減輕一些負擔。然而下放改造除了要無條件接受上級分派的任務之外,面對艱難的生活條件,更是一項挑戰。

尤其是日常生活中關乎個人的清潔洗漱,都是在考驗個人的忍耐力。冰心就曾在家信中數次提及用水的不便之處,冰心敘述說:「用水也不方便,以後也得學去提水」[110]、「看菜地是輪流的,因此下午換了衣服(因褲腿有牛糞)。洗了腳等覺得輕快之極!沈阿姨聽了一定要奇怪,我的衣服是離北京後第一次換了下來(今天下雨不能洗)。但此地並不太髒,有的只是土,拍拍也就掉了。你們在城裡的,或說我本在城市,真是身在福中不知福」[111]。冰心筆下的「你們在城裡的,或說我本在城市,真是身在福中不知福」的喟嘆語氣,點出幸福的時光,不是僅靠個人就能理所當然地達成,而是由人們以彼此共好的互惠心態,群策群力發揮眾人之力成就的幸福家園,因此在擁有美好生活的時刻,更要懂得惜福知足。

踏著時光的腳步,即使生活慢慢地適應,但是用水問題仍是日常的困擾。冰心敘述說:「這裡陰天多,難得洗點東西。洗澡不必說了,連洗腳都會使人痛快半天」[112]。之後直到武昌看牙,才有機會洗澡。冰心在家書中也寫下這段「洗浴記」,冰心仔細地敘述說:「拔了牙出來,我就抓緊時間在路旁小店裡理髮洗頭(從下來就沒有洗過頭,只削過頭)。午飯後又去洗個澡,澡店就在武昌。

---

[110] 同註100,頁401。
[111] 同上,頁404。
[112] 同上,頁407。

女浴室有盆湯，但不太乾淨，也極其擁擠，許多婦女帶小孩去。不過自己擦了澡盆，自帶手巾肥皂。洗完仍覺得痛快之極，究竟是一個月沒有洗澡了」[113]。雖然澡店的洗浴空間擁擠又不是很乾淨，但是在當時連續一個月都不能洗浴的環境下，冰心筆下「洗完仍覺得痛快之極」的描寫，顯示「洗澡」這件稀鬆平常的事，在那時候的冰心眼中，是何等值得雀躍珍惜的事情。

　　生活的艱辛面也顯現在「行」的議題上。冰心描寫說：「現在班車沒有了，進城要背東西走二十幾里地，再坐火車，一切都在考驗我」[114]、「早上8時40分，就背起東西走路，在田埂間曲折走了四個鐘頭，12時半到了縣城。我走到縣城，文玲和她的同事和中轉站人員都說這老太太真不簡單。我也自己歡喜」[115]。身上揹著東西，走四個小時的田埂路，對七十歲的冰心來說，的確是體力的考驗。從出發前的擔心，到平安抵達目的地的歡喜，對這段徒步之行的心路歷程轉折，冰心是這樣敘述的：「我頭幾天就發憷，怕二十多里路把我走垮了，或摔一跤，扭了腳等等。結果是如此順利。我一路默默唸著：『下定決心，不怕犧牲，排除萬難，去爭取勝利』。其實這在貧下中農老太太本不算什麼，我們城裡人是太嬌貴了」[116]。冰心筆下這段「下定決心，不怕犧牲，排除萬難，去爭取勝利」的話語，是自我形塑的樂觀意象，冰心相信只要不怕「走上二十多里路」這件難事，只要建立信心開始走，千里之行始於足

113　同上，頁410。
114　同上，頁407。
115　同上，頁408。
116　同上。

下，「徒步行」這件事終究會完成。就在冰心順利抵達縣城後，冰心自己也認為「其實這在貧下中農老太太本不算什麼，我們城裡人是太嬌貴了」。可以顯見，冰心面對困窘的生活條件，依然保持樂觀的心緒，未曾喪失對生活的信心。

　　透過家信的書寫，冰心時常鼓勵家人，也經常鼓勵自己。冰心不時以正向思考的語調，書寫她對下放生活與自我期許的認知。比如冰心提及對下放的看法時，敘述說：「我們一家基本都已在下面，暫時未下來的要振作起來，迎接下放的光榮任務。天下無難事，只怕有心人。放眼世界，心胸開闊多了」[117]。對於家人如何過春節，冰心則提出建議：「希望這次過一個革命春節，不是買年貨，吃吃喝喝看電影而是幫Daddy理東西，訂東西，甚至捆東西（沈從文這次下來就是他兒子送下來的），否則忙於吃喝接待，忙了一陣，做不出什麼事」[118]。冰心認為兒女們應該要先幫他們的父親打包要下放的行李，以免一事無成窮忙。至於對自我的期許，冰心是這樣敘述的：「我決心在七十歲的年紀，從頭做起，作一個有益於人民的人」[119]，以及「我要努力以赴，向同志們學習、向貧下中農學習，生命從七十歲開始，就讓它好好開始磨練吧」[120]。這是一位七十歲老人的雄心壯志，代表的是冰心積極向上的奮鬥力與企圖心。冰心眼中「作一個有益於人民的人」展現的，正是冰心實踐

---

[117] 同上，頁397-398。
[118] 同上，頁403。
[119] 同上，頁399。
[120] 同註118。

「讓別人生活的更好」[121]的生命意義。

　　冰心曾提及文革期間她和吳文藻離開幹校，回北京譯書的緣由與內容，冰心敘述說：「1971年8月，因為美國總統尼克松將有訪華之行，文藻和我以及費孝通等8人、先被從沙洋幹校調回北京民族學院，……我們共同翻譯校訂了尼克松的《六次危機》下半部分。接著又翻譯了美國海斯、穆恩、韋蘭合著的《世界史》，最後又合譯了英國大文豪韋爾斯著的《世界史綱》」[122]。當晚年回憶起這段文革期間罕見的譯書時光，冰心以恬靜的幸福語調描述說：

> 那幾年我們的翻譯工作，是十年動亂的歲月中，最寧靜、最惬意的日子我們都在民族研究室的三樓上，伏案疾書，我和文藻的書桌是相對的，其餘的人都在我們的隔壁或旁邊。文藻和我每天早起八點到辦公室，十二時回家午飯，飯後二時又回到辦公室，下午六時才回家。那時我們的生活規律極了，大家都感到安定而沒有虛度了光陰[123]

　　在文革動盪不安的生活裡，冰心與吳文藻夫妻的共同譯書歲月，是一種歲月靜好的恬淡時光，是文革暴風雨中難能可貴的寧靜歲月與扶持陪伴。

　　一路走來冰心歷經反右、大躍進再到文革十年，嚐盡了家國崩

---

[121] 同註99。
[122] 冰心，〈我的老伴──吳文藻（之二）〉，《冰心全集》第六冊，頁316。
[123] 同上，頁137。

壞的痛苦滋味。冰心藉由文本的自我敘說，得以重述自己的生命經驗，而重述自己生命經驗的當下，冰心感受到陷落困境時，「親愛的家人」就是她心靈的強大能量，支撐她得以臨危不亂面對困境，並且以開朗陽光的心境，去欣賞和體會生命中的不完美之處。而冰心也實踐自己的生命意義，努力「讓別人生活的更好，要愛和同情你周遭的人」[124]，開創有愛有同理的幸福共好生活。

---

[124] 同註99。

第六章　結論

　　冰心是文壇巨擘，眾所周知她的文學成就歷來備受推崇，無論是在文學史上開創詞句清新優美的冰心體，或是書寫抒發情感略帶微慍憂愁的新詩，甚至是創作受人矚目的問題小說。這些非凡的成績，都使人刮目相看。

　　由於冰心的生命史幾乎是貼著時代脈動前進運行，在她的作品當中總可以見證重大的生命時刻，因此她的作品，擁有很高濃度的自我敘事色彩。由於冰心擁有得天獨厚的百歲人生，酸甜苦辣與世態炎涼不僅是形容詞，也是冰心深刻體會過的人生況味。因此當她自身或是家國，這些她所愛的人事物遇到困頓與挫折時，冰心以同理心將她們遭遇的困難與痛苦書寫出來，用文學之筆來表達關懷之情，這就是自我敘事的內涵。

　　健康開明的家庭帶給冰心美好的童年，這也是冰心日後寫作的養分。而家庭的愛讓冰心健康勇敢的成長，在充滿愛的環境中茁壯，養成了她樂觀向陽的特性。冰心認為母愛是純粹無雜質的，無論貧富貴賤，無論種族階級，都應該同等享有的愛。而且母愛是世上無國界且具有推動全人類共同前進，富有美麗與智慧兼具的廣闊溫馨的神聖動力，不必忌諱書寫母愛。因為愛自己的母親，寫自己的母親是理所當然的事。但是冰心也承認母愛是有階級性的，也就

是說，母親可以萬般疼愛自己的小孩，但是對別人家的孩子，就未必見得。這是身受母愛照拂，大力書寫母愛的冰心，於晚年時對母愛是否一視同仁提出的看法。

而自詡為小朋友隊伍中的一員的冰心，特別喜愛孩子。從冰心質樸的童趣中，看見兒童高度的想像力是他們特有的天賦，任何可以想像的事物，在兒童眼中隨時都是珍貴的寶物，擁有各式各樣的魔力。所以冰心總是以童心平等地真誠地和兒童對話。因為兒童的天真無可取代，因此冰心也常常以兒童的眼光來解析成人的世界，書寫充滿童心之愛的作品。

冰心走上文學之路不僅是受到五四運動的浪潮影響，而是源自更早的成長環境的影響。比如來自不識字的裁縫後代的家世，讓冰心對社會底層的人們湧現無比的同理心。這件不識字的裁縫後代的出身，使冰心認為自己不具有烏衣門第的背景，而讓她有了平民意識。這個平民意識，讓冰心看見聽見問題時，總能立足於底層人們的困苦點，書寫出底層民眾的艱苦心聲。

冰心認為童年生活快樂與否，都會將許多印象，許多習慣，深固的刻劃在他的人格及氣質上，而影響他的一生。[1]冰心童年曾經長達八年的時間生活在山東煙台海邊。她跟隨軍人父親騎馬，打槍，參觀軍艦等，軍艦上的一切都吸引住她的目光。因此她以敬愛父親的心，以父親為榜樣，期待有朝一日能從軍。雖然最後事與願違，但是父親的愛國意識影響她終身。童年帶給冰心一生對於軍人

---

[1] 冰心，〈我的童年〉，《冰心全集》第三冊，頁3。

的尊敬，軍人在冰心心目中是結合高尚、勇敢、與紀律的結晶。因此她關懷軍人，從作品中常常可見到軍人的身影。

當父親謝葆璋面對腐敗的清朝政府，加上親身經歷甲午戰敗，將同袍壯烈犧牲的慘狀，這些從父親口裡得知的事件，使冰心萌發愛國意識，激發愛國心。晚年的冰心只要一想到甲午海戰受重創的官兵，她總是泣不成聲，她書寫的《甲午戰爭》最終未能完成而成為遺稿。因此冰心的作品中提及戰爭時，她筆下總流露出濃厚的反對戰爭及保家衛國的愛國思想。尤其是冰心親身經歷過抗戰，面對被敵機轟炸而血肉橫飛的血腥場面，從當中看到戰爭的冷酷無情，以及對人們生命財產的壓迫，也看到戰爭是霸權強國，仗勢欺凌無辜國家的惡劣行徑。因此當戰火追逐人們，天搖地動的驚嚇恐懼圍繞所有人時，冰心認為唯有唾棄戰爭，才是維持人類和平的神醫妙藥。

由於童年獨遊無伴的生活，在山諏海隅之間，養成冰心喜歡空闊高遠的環境，冰心敘述說她不怕寂寞，不怕靜獨，她不喜歡城市生活。她很願意常將自己消失在空曠遼闊之中。因此一到了野外，就如同回到了故鄉。而此時冰心認為大海是她最好的朋友，大海帶給她廣闊莊嚴的胸懷，冰心敘述大海也是她心聲無處可傾吐時，大海就是安慰她心靈的精神力量。冰心自己也提到，她之所以在文本中經常提到海的原因，是因為愛海的背後就是愛自己的家國，自己的人民與土地。

冰心以「感化社會」為創作小說的目的，因此「極力描寫那舊社會舊家庭的不良現狀，好叫人看了有所警覺，方能想去改良，

若不說的沉痛悲慘，就難引起閱者的注意，就難激動他們去改良，何況舊社會舊家庭，許多真情實事，還有比我所說的悲慘到十倍呢。」[2]冰心極力描寫舊家庭舊社會的窘況，目的就是希望得到社會的關注，進而頃社會的力量改良它。

崇尚說真話態度的冰心，就曾主張說：「請努力發揮個性，表現自己」[3]，所以冰心不僅在自我敘事的文本中，書寫出陽光正向面，在冰心已寫已說的文字中，我們也看到冰心也書寫人生遭逢的困頓與艱辛。從小我的挫折的層面來看，冰心書寫的是被壓抑的女性、貧窮的人們、以及受知識無用論影響的人們。她藉由童養媳的世界，替被虐待者抒發不平之鳴。另外，僅僅因為一封陌生男同學的愛慕信，就導致父親大發雷霆，認為女孩只要出門念書，就會招惹麻煩。而貧窮的人們，不僅是經濟上的弱勢者，甚至有時還是文盲。當經濟弱勢與教育弱勢兩者加在一起，悲劇就發生，甚至危害性命。

素來重視教育的冰心，她主張應該給予教育人員好的薪資待遇，才能留住人才，有了好的教育人才，培育下一代才能更紮實。所以她就設定以大學的副教授為主角，展開鋪陳。書寫當了三十年的大學教授，卻連醫治妻子生病的錢，與請看護照顧的看護費用都無法負擔。在此情況之下，家中的兩個孩子決定放棄升大學，哥哥去當出租車司機，妹妹去當整理房間、端盤子的服務員。原因無他，就是因為薪水比副教授高，可以立刻優先讓母親接受治療，同

---

[2] 冰心，〈我做小說，何曾悲觀呢？〉，《冰心全集》第一冊，頁40-43。
[3] 冰心，〈文藝叢談〉，《冰心全集》第一冊，頁195。

時舒緩家庭經濟的困境。至於普通教師的經濟狀況也不遑多讓。當宋老師家的幫傭小方離開宋家，去麵店當銷售員之後，每當回來探望宋老師母女時，就滿手水果補品。因為小方認為她的薪資比宋老師母女都高，她負擔的起。甚至當小方送一台收音機給宋老師，並告訴宋老師這用不了月薪的十分之一時，還主張宋老師別再訂報紙了，因為在天天漲價的社會裡，回收的報紙是破爛，就跟知識一樣落價不值錢。

從大我的失落的層面，看到的是進一步關心國家民族存亡，從五四的巡禮出發，到舊社會的改革與舊家庭的改良，一路談到抗戰烽火的記憶。然後在家國的崩壞的層面，從一家三口被劃成右派，再到歷經到大躍進寫出不同以往，具浮誇風格的再寄小讀者，然後一路再到文革期間被當牛鬼蛇神，關押牛棚下放勞改。這一切的一切都是為生命拚搏的自我敘事的書寫痕跡。

面對當時大躍進的氛圍，以及家人深陷被劃右派分子的泥沼中，這對冰心來說，肯定是人生中掉入萬丈深淵且最衝擊的事件。冰心知道反右派也好，大躍進也罷，都非她個人所能掌控或排除的。因為在當時的「民族文化傳統語境」[4]之下，只有服從別無他法。所以艱辛困頓，辛苦度日的時代不是她個人造成的。因此藉由將反右派大躍進的非個人因素的「問題外化」[5]釐清之後，就可以

---

[4] 振羽編著，《語用學教程》（北京：北京大學出版社，2021年），頁22。
[5] 依麥克·懷特（Michael White）提倡的敘事治療的觀點認為：外化」（externalizing）是一種治療方法，這種治療法鼓勵人將壓迫他們的問題客觀化。有時候則擬人化。在這樣的過程當中，問題變成和人分開的實體，所以問題是在原本被認為是問題的人或關係之外的東西。問題原本被視為屬於人

在不得不為，或求生存而為之這樣的觀點之外，提供另一種觀點，以愛的浮誇風來重新解讀當時被冰心自己稱為「雞零狗碎」[6]的應急文章。

冰心也讓我們看見紅衛兵自以為是的作為，認為凡是看不順眼的東西一概就納入破四舊的名單。更史無前例恣意妄的任意抄家，想拿走什麼就拿走什麼。而且為了拚業績，還辦了罪狀展覽會公開羞辱冰心，這種身心靈的摧殘連老舍都深受其害。即使冰心已七十高齡，無一例外照樣要下放勞改。但是冰心卻沒有被擊敗，她利用僅有的書寫機會給家人寫信。信中無論是糟糕的生活環境或是日常用度的缺少不便，都絲毫無損冰心樂觀的人生態度。我們從她的信中看到親一口，親一大口這樣的文字時，彷彿回到她青年時期可愛溫暖的寫作風格。從這裡可以看出她終身秉持的愛的信念與對愛的堅持，冰心未曾改變過，這也證明冰心永遠在愛裡書寫。

當冰心面對狂風暴雨的文革時期，面對曾經的小讀者對她嚴厲無情的批判，不但任意抄家在冰心脖子上掛大牌子，開罪狀博覽會，還被下放到牛棚及五七幹校勞改。因此可以大膽的說文革消滅的不是人，而是人性。但是從小就被愛包圍成長的冰心，她始終相信不是所有的人都泯滅人性，善良的人永遠都在。所以即使在文革時期，環境綑綁住她，在無法暢所欲言，書寫受到極度壓迫箝制的

或關係內在而較不易改變的性質，因而變得比較容易改變、比較不束縛人。見麥克‧懷特（Michael White），大衛‧艾普斯頓（David Epston）著，廖世德譯，《故事‧知識‧權力——敘事治療的力量》，頁44。
[6] 冰心著，陳恕、周明編，《冰心書信全集》，頁328。

情況下，冰心說：「我擱筆了十年之久」[7]，但是她寫給家裡人的信，信末經常出現一句「親每人一口」[8]，「我惦記每一個人，親大家一口」[9]，這些來自冰心的字句所獨有的愛的力量，卻總能在生命受遮蔽、困頓陰暗時還教人懷抱希望。像極了夾縫中的亮麗玫瑰，即使僅有一絲絲幽微的亮光輕灑在花瓣枝葉上，卻仍舊努力生長，依然耀眼十足光彩奪目。

　　整體而言，在研究的過程當中，為瞭解冰心與同時代的作家，在大躍進時期經濟生活上的面貌的差異性，固然可以藉由現代科技查找電子資料庫，尋到早期的資料作參考。好比刊登在新文學史料上的文聯舊檔案諸如老舍、張恨水、白薇及冰心本人等的訪談記要都可找到。然而實際上要了解全貌，曾在天津展出的「中國現代文學大家口述史料展」[10]的資料豐富度就比訪談記要完整許多。加上在反右運動及文革期間相關的個人資料不易透過網路取得，這都是研究過程遭遇的難處，也是研究者的侷限性。

　　經由研究過程的梳理，看見無論是個人或是家園遭遇難處與艱辛時，冰心在以小我的挫折為議題的自我敘事當中，展現出深摯

---

[7]　冰心，〈創作談〉，《冰心全集》第五冊，頁496。

[8]　同註6，頁410。

[9]　同上，頁411。

[10]　2013年5月18日，「中國現代文學大家口述史料展」在天津曹禺故居紀念館揭幕展出，此次展覽為期一個月。此次展覽主要展出著名文學史料收藏家賈俊學先生提供的「五四」時期新文化運動以來中國文學、美術等領域的名人的口述史料。有魯迅、郭沫若、田漢、鄧拓、丁玲、老舍、茅盾、巴金、曹禺、冰心、張恨水、胡適、顧頡剛、梁思成、葉聖陶、沈從文、趙樹理、豐子愷、梅蘭芳等兩百餘人、一萬餘頁紙的有較高價值的口述史料，且大部分為首次展出。參見《新文學史料》，2013年第3期，頁170。

的同理心與關懷。在以大我的失落為議題的自我敘事當中，展現出深刻的自省能力。而在以家國的崩壞為議題的自我敘事當中，展現強韌的生命力與愛家的力量。冰心在大躍進時期所寫的〈再寄小讀者〉中積極讚頌共產主義與毛主席，是因應那時代大內宣浮誇風的社會氛圍與潮流，無法逃避也沒得選擇。在這種情況寫作下，不是求生存這樣單純而已，而是用文學的筆為家人織起一張愛的保護網，為家人拚盡全力的愛的書寫。綜上所述不僅彌補對冰心文學了解的空隙，而且增進對於同時期相關文學家的處境與語境的了解，可以作為其他學者研究的參考基礎。同時可以知道冰心自我敘事書寫的價值，在於書寫人生而為人，終身平等的權利，而且愛是同理心的理解與公平對待。這些都是研究過程獲致的成果。

冰心研究是持續不斷多面向，不斷在推陳出新。未來的研究，可以隨著冰心陸陸續續被發現的散失佚文，從以下三個方向進一步發展：

一、冰心創作能力養成過程的因素分析。

二、政治力量對冰心創作造成的阻力，以及冰心如何克服政治干預。

三、其他同時期或相近背景作家的相關研究。

期待未來的研究者能繼續在現有的研究成果與基礎上，做更深入更寬廣的探討，以豐富冰心研究的深度與廣度。

引用書目

一、冰心著作（依出版年月排序）

冰心，《記事珠》（北京：人民文學出版社，1982年）。

冰心，李保初、李嘉言編，《冰心選集》（石家莊：河北教育出版社，1992年）。

冰心，許正林、傅光明編，《冰心詩全編》（杭州：浙江文藝出版社，1994年）。

冰心，許正林、傅光明編，《冰心散文全編（上下冊）》（杭州：浙江文藝出版社，1995年）。

冰心，劉家鳴編，《冰心散文選集》（天津：百花文藝出版社，2004年）。

冰心，王炳根編，《冰心文選——小說卷》（福州：福建教育出版社，2007年）。

冰心，王炳根編，《冰心文選——佚文卷》（福州：福建教育出版社，2007年）。

冰心，《綠的歌——冰心晚作輯萃》（北京：商務印書館國際公司，2007年）。

冰心，王炳根編，《冰心文選——書信卷》（福州：福建教育出版社，2007年）。

冰心，陳恕、周明編《冰心書信集》（北京：人民文學出版社，2010年）。

冰心，卓如編，《冰心全集》（福州：海峽文藝出版社，2012年）。

冰心，陳矛譯，《關於女人：漢英對照》（北京：外語教學與研究出版社，2012年）。

冰心，《寄小讀者》（臺北：昌明文化出版公司，2017年）。

冰心，王炳根編，《冰心日記》（北京：作家出版社，2018年）。

二、專書

尤卓慧、岑秀成、夏民光、秦安琪、葉劍青、黎玉蓮合編，《探索敘事治療》（新北：心理出版社，2017年）。

王炳根，《冰心新傳》（台北縣：新潮社文化事業公司，1996年）。

王炳根，《世紀情緣・冰心與吳文藻》（合肥：安徽人民出版社，2000年）。

王炳根，《冰心・非文本解讀》（福州：海峽文藝出版社，2003年）。

王炳根，《冰心・非文本解讀（續）》（北京：中國文聯出版社，2006年）。

王炳根，《王炳根說冰心》（福州：海峽文藝出版社，2011年）。

王炳根，《玫瑰的盛開與凋謝——冰心與吳文藻（一九○○～一九五一）》〔精裝本〕（臺北：秀威資訊科技公司，2015年）。

王炳根，《玫瑰的盛開與凋謝——冰心與吳文藻（一九五一～一九九九）》〔精裝本〕（臺北：秀威資訊科技公司，2015年）。

王炳根，《愛是一切——冰心傳》（北京：作家出版社，2016年）。

王炳根，《玫瑰的盛開與凋謝：冰心吳文藻合傳（上下編）》（福州：福建教育出版社，2017年）。

王炳根編，《冰心論集（三）》，（福州：海峽文藝出版社，2004年）。

王炳根編，《冰心論集（四・上下冊）》，（福州：海峽文藝出版社，2009年）。

王炳根、傅光明編，《聆聽大家・永遠的冰心》（合肥：安徽文藝出版社，2010年）。

王炳根編，《冰心論集（五）》，（福州：海峽文藝出版社，2011年）。

王炳根編，《冰心論集（2012）》，（上海：上海交通大學出版社，2013年）。

王炳根，《冰心年譜長編（上下卷）》（上海：上海交通大學出版社，2019年）。

王德威，《小說中國——晚清到當代的中文小說》（臺北：麥田出版公司，1993年）。

申丹、王麗雅，《西方敘事學：經典與後經典》（北京：北京大學出版社，2010年）。

全佛編輯部編，《大乘本生心地觀經・勝鬘經・如來藏經》（臺北：全佛文化出版社，1996年）。

列小慧，《敘事從家庭開始——敘事治療的尋索歷程》（香港：突破出版社，2005年）。

余德慧，《生命夢屋》（臺北：張老師文化事業公司，2010年）。

吳泰昌，《我知道的冰心》（北京：生活・讀書・新知三聯書店，2010年）。

李瑞騰、莊宜文合編，《羅家倫與五四運動（史料篇）》(桃園：中央大學出版中心，2019年）。

沈岩，《船政學堂》（臺北：書林出版公司，2012年）。

卓如，《燦若繁星：冰心傳》（臺北：業強出版社，1991年）。

卓如編，《一片冰心》（北京：人民文學出版社，2002年）。

卓如編，《冰心》（臺北：書林出版公司，1992年）。

卓如編，《青少年冰心讀本》（臺北：業強出版社，1991年）。

周志建，《故事的療癒力量：敘事、隱喻、自由書寫》（臺北：心靈工坊文化事業公司，2013年）。

周志建，《情緒治療：走出創傷，BEST療癒法的諮商實作》（臺北：方智出版社，2021年）。

周明鵑，《冰心與讀書》（臺北：婦女與生活社，2001年）。

林良，《淺語的藝術》（臺北：國語日報社，2011年）。

林煥彰，《童心・夢想——兒童文學的想法》（臺北：秀威資訊科技公司，2014年）。

林榮松，《五四小說綜論》（福州：福建教育出版社，2012年）。

林德冠、章武、王炳根主編《冰心玫瑰》（福州：海峽文藝出版社，2000年）。

林德冠、章武、王炳根主編《冰心論集（上）》（福州：海峽文藝出版社，2000年）。

邱偉壇，《燈塔守望者——少年冰心》（廈門：鷺江出版社，2019年）。

邱曉露編，《女性與家庭》（上海：上海教育出版社，2003年）。

范伯群、范紫江，《灑向人間皆是愛：冰心》（臺北：文史哲出版社，2001年）。

范伯群、曾華鵬，《冰心評傳》（北京：人民文學出版社，1983年）。

范伯群編，《冰心研究資料》（北京：北京出版社，1984年）。

郁達夫，《歸航》〔經典新版〕（臺北：風雲時代出版公司，2019年）。

索振宇編，《語用學教程（第二版）》（北京：北京大學出版社，2021年）。

張俠、楊志本、羅澍偉、王蘇波、張利民合編，《清末海軍史料》（下）（北京：海洋出版社，1982年）。

張衍芸，《春花秋葉》（福州：海峽文藝出版社，2011年）。

商禽，《商禽詩全集》（新北：印刻文學生活雜誌出版，2016年）。

陳平原、夏曉虹合編，《觸摸歷史：五四人物與現代中國》(北京：北京大學出版社，2010年）。

陳波靜，《婦女心理學》（暨南大學出版社，1994年）。

陳恕，《冰心全傳》（北京：中國青年出版社，2011年）。

陳國勇編，《冰心與長樂》（福州：海峽文藝出版社，2004年）。

項退結，《海德格》（臺北：東大圖書公司，2015年）。

項退結，《現代存在思想家》（臺北：東大圖書公司，1986年）。

黃英編，《現代中國女作家》（上海：北新書局出版社，1931年）。

黃素菲，《敘事治療的精神與實踐》（臺北：心靈工坊文化事業公司，2021年）。

黃錦敦，《陪孩子遇見美好的自己——兒童・遊戲・敘事治療》（臺北：張老師文化事業公司，2012年）。

白崇亮、呂旭亞、李文媛、殷正洋、侯俊明、陳文玲、陳登義、曹中瑋、楊錦聰、楊蓓、詹美涓合著，《心靈秘境：11個生命蛻變的故事》（臺北：心靈工坊文化事業公司，2010年）。

聖嚴法師，《菩薩行願——觀音、地藏、普賢菩薩法門講記》（臺北：法鼓文化，2020年）。

萬平近、汪文頂，《冰心評傳》（重慶：重慶出版社，2000年）。

熊飛宇編，《重慶時期冰心的創作與活動研究》（桂林：廣西師範大學出版社，2015年）。

齊芳，《冰心傳：以愛之名，人間有味》（武漢：華中科技大學出版社，2019年）。

劉再復，《文學四十講：常識與慧悟》（新北：聯經事業出版公司，2021年）。

劉東方編，《冰心論集（2016‧上下冊》（福州：海峽文藝出版社，2017年）。

歐陽軍喜，《歷史與思想：中國現代史上的五四運動》(福州：福建教育出版社，2009年）。

歐陽哲生，《五四運動的歷史詮釋》（北京：北京大學出版社，2012年）。

蔡元培等著，《中國新文學大系導論集》（上海：良友圖書公司，1945年）。

蔣勳，《孤獨六講》（臺北：聯合文學出版社，2015年）。

魯迅，《魯迅散文詩歌全集》（北京：北京燕山出版社，2017年）。

魯迅，《魯迅雜文全集（上下冊）》（北京：北京燕山出版社，2017年）。

蕭乾、文潔若，《冰心與蕭乾》（上海：上海三聯書店，2010年）。

蕭鳳，《冰心評傳》（北京：中國社會出版社，2006年）。

錢理群，《毛澤東時代和後毛澤東時代（1949-2009）——另一種歷史書寫（上）》（臺北：聯經出版事業公司，2016年）。

韓立群，《現代女性的精神歷程：從冰心到張愛玲》（北京：中國人民大學出版社，2013年）。

蘇雪林，《中國二三十年代作家》（臺北：純文學出版社，1983年）。

三、翻譯專書

弗蘭克著，趙可式、沈錦惠合譯，《活出意義來：從集中營說到存在主義》（臺北：光啟文化事業，2012年）。

吉兒・佛瑞德門、金恩・康姆斯合著，易之新譯，《敘事治療——解構並重寫生命的故事》（臺北：張老師文化事業公司，2021年）。

吉姆・法度及蘿拉・蓓蕊思合著，黃素菲譯，《敘事治療三幕劇：結合實務、訓練與研究》（臺北：心靈工坊文化事業公司，2016年）。

艾克哈特・托勒著，張德芬譯，《一個新世界：喚醒內在的力量》（臺北：方智出版社，2010年）。

艾莉絲・摩根著，陳阿月譯，《從故事到療癒：敘事治療入門》（臺北：心靈工坊文化事業公司，2012年）。

西蒙・德・波娃著，邱瑞鑾譯，《第二性（第二卷・上）》（臺北：貓頭鷹出版社，2013年）。

亨利・克羅斯著，劉小青譯，《故事與心理治療》（臺北：張老師文化事業公司，2006年）。

佛羅倫斯・辛著，賴佩霞譯，《失落的幸福經典——影響千萬人的生命法則》（臺北：方智出版社，2021年）。

河合隼雄著，洪逸慧譯，《活在故事裡：現在即過去，過去即現在》（臺北：心靈工坊文化事業公司，2019年）。

阿爾弗雷德・阿德勒著，區立遠譯，《認識人性》（臺北：商周出版，2017年）。

阿爾弗雷德・阿德勒著，林曉芳譯，《阿德勒談人性》（臺北：遠流出版事業公司，2016年）。

阿德勒著，吳書榆翻譯，《阿德勒心理學講義》（臺北：經濟新潮社，2015年）。

阿德勒著，盧娜譯，《你的生命意義，由你決定》（臺北：人本自然文化事業公司，2014年）。

周策縱著，楊默夫譯，《五四運動史》(臺北：龍田出版社，1983年）。

查爾斯・惠特菲爾德著，黃意然譯，《跟心裡的傷痛告別：創傷療癒大師教你如何修復失衡的人生》（臺北：遠流出版事業公司，2019年）。

洛爾著，賴俊達譯，《人生・要活對故事》（臺北：天下遠見出版公司，2010年）。

馬丁・佩尼著，陳增穎譯，《敘事治療入門》（新北：心理出版社，2017年）。

麥克・懷特、艾莉絲・摩根合著，李淑珺譯，《說故事的魔力：兒童與敘事治療》（臺北：心靈工坊文化事業公司，2020年）。

麥克・懷特、大衛・艾普斯頓合著，廖世德譯，《故事・知識・權力──敘事治療的力量〔全新修訂版〕》（臺北：心靈工坊文化事業公司，2020年）。

麥克・懷特著，丁凡譯，《敘事治療的實踐──與麥克持續對話》（臺北：張老師文化事業公司，2012年）。

麥克・懷特著，徐曉珮譯，《故事・解構・再建構：麥克・懷特敘事治療精選集》（臺北：心靈工坊文化事業公司，2018年）。

麥克・懷特著，黃孟嬌譯，《敘事治療的工作地圖》（臺北：張老師文化事業公司，2013年）。

愛麗絲・米勒著，袁海嬰譯，《幸福童年的秘密》（臺北：心靈工坊文化事業公司，2019年）。

維克多・弗蘭克著，李雪媛、柯乃瑜、呂以榮合譯，《向生命說Yes！──一位心理醫師在集中營的歷劫記》（臺北：啟示出版，2012年）。

Dr.Roberta Gilbert著，江文賢等譯，《Bowen家庭系統理論之八大概念：一種思考個人與團體的新方式》（臺北：秀威資訊科技公司，2014年）。

John D.Delamater、Daniel J. Myers、Jessica L. Collett合著，陳增穎譯，《社會心理學》（新北：心理出版社，2019年），頁346-347。

Jane Speedy著，洪媄琳譯，《敘事研究與心理治療》（臺北：心理出版社，2010年）。

Michele L・Crossley著，朱儀羚、康萃婷、柯禧慧、蔡欣志、吳芝儀合譯，《敘事心理與研究：自我、創傷與意義的建構》（嘉義：濤石文化事業公司，2004年）。

Robert A・Neimeyer著，章薇卿譯，《走在失落的幽谷——悲傷因應指引手冊》（新北：心理出版社）。

四、專書論文

王炳根，〈為人生與為未來的藝術——冰心的小說〉（本文為《冰心文選・小說卷》前言，原載《冰心文選・小說卷》，福建教育出版社，2007年），王炳根編，《冰心論集・四）》（福州：海峽文藝出版社，2009年），頁320-325。

巴金，〈《冰心著作集》後記〉（原載《冰心著作集》），開明書店1943年版），林德冠、章武、王炳根編《冰心論集（上）》，頁62-63。

矛盾，〈冰心論〉（選自《文學》，1934年8月第3卷第2號），林德冠、章武、王炳根編，《冰心論集（上）》，頁42-60。

李希同，〈《冰心論》序〉（原載李希同編《冰心論》，北新書局1932年版），林德冠、章武、王炳根編，《冰心論集（上）》，頁40-41。

沈從文，〈由冰心到廢名〉（選自《沫沫集》），林德冠、章武、王炳根編《冰心論集（上）》（福州：海峽文藝出版社，2000年），頁61。

沈從文，〈論冰心的創作〉（選自《文藝月刊》，第2卷第4期《論中國小說創作》），林德冠、章武、王炳根編《冰心論集（上）》，頁6-7。

阿英，〈《謝冰心小品》序〉（原載《現代十六家小品》1935年光明書局出版），林德冠、章武、王炳根編《冰心論集（上）》，頁415-417。

阿英，〈謝冰心（節錄）〉（選自《現代中國女作家》1931年北新書局出版），《冰心論集（上）》，頁8-25。

范伯群、曾華鵬，〈論冰心的創作〉（原載《文學評論》1964年第1期），《冰心研究資料》，頁262-296。

郁達夫，〈現代散文導論（下）〉，蔡元培等著，《中國新文學大系導論集》（上海：良友圖書公司，1945年），頁201-222。

梁實秋，〈繁星與春水〉（選自《創造週報》半年匯刊第1集第12號），范伯群編，《冰心研究資料》（北京：北京出版社，1984年），頁370-376。

陳西瀅，〈冰心女士〉，林德冠、章武、王炳根編，《冰心論集（上）》，頁4。

陳恕、吳青，〈媽媽冰心喜度九十五華誕〉（原載《愛心》第2卷第7、8期），林德冠、章武、王炳根編《冰心玫瑰》，頁265-268。

楊義，〈《中國現代小說史》有關冰心的論述〉（摘自《文學評論》，1996年第4期），林德冠、章武、王炳根編《冰心論集（上）》，頁313-320。

楊蓓，〈在孤獨中，享受生命的滿溢〉，白崇亮、呂旭亞、李文媛、殷正洋、侯俊明、陳文玲、陳登義、曹中瑋、楊錦聰、楊蓓、詹美涓合著，《心靈秘境：11個生命蛻變的故事》（臺北：心靈工坊文化事業公司，2010年），頁161-176。

鄭榮來，〈冰心與花〉（原載《柳泉》1982年第3期），林德冠、章武、王炳根編《冰心玫瑰》（福州：海峽文藝出版社，2000年），頁18-23。

毅真，〈閨秀派的作家——冰心女士〉（選自《婦女雜誌》，第16卷第7號，《幾位當代中國女小說家》），林德冠、章武、王炳根編，《冰心論集（上）》，頁302-305。

蕭乾，〈能愛才能恨——為《冰心文學創作生涯七十年展覽》而作〉，蕭乾、文潔若合著《冰心與蕭乾》（上海：上海三聯書店，2010年），頁29-31。

謝冕，〈最初的啟迪——以此慶祝冰心先生創作七十周年〉（原載《福建文學》1990年第8期），林德冠、章武、王炳根編《冰心玫瑰》，頁110-113。

五、期刊論文

王炳根，〈冰心在「文革」中〉，《新文學史料》，（2006年第3期），頁131-136。

王淼，〈海軍名宿謝葆璋〉，《軍事文摘》，（2016年第9期），頁76-79。

王鐵權〈為冰心老人解惑〉，（原載《文匯讀書周報》2001年2月10日），後見《江淮文史》，（2001年第3期，總期第45期），頁133。

李青，〈一九五七年反右派鬥爭及其嚴重擴大化的起因和教訓〉，《中共黨史研究》，（1995年第6期），頁65-71。

李慶剛，〈2010年以來「大躍進」研究若干問題綜述〉，《當代中國史研究》，（2017年第1期），頁106-119。

周明，〈不要把我放大──記冰心〉，《紫光閣》，（1997年第5期），頁34。

林德冠，〈冰心文學館建設手記〉，《愛心》，（2018年春季號），頁19-26。

金春明，〈「破四舊，立四新」的歷史反思〉，《中共中央黨校學報》（1997年第1期），頁20-26。

胡小園，〈李鴻章與北洋海軍的殊緣〉，《海洋世界》，（1994年第9期），頁26-27。

唐宏、王紅，〈冰心之父的海軍生涯──記北洋政府海軍次長謝葆璋〉，《航海》，（1995年第6期），頁14-16。

唐宏、翁軍，〈冰心老人話甲午〉，《海洋世界》，（1994年第9期），頁25-26。

唐德剛，〈義和團與八國聯軍的是是非非──傳教‧信教‧吃教‧反教形形色色平議之一〉，《傳記文學》，第61卷第5期（1992年11月），頁21-31。

徐若水，〈幾度滄桑話國歌〉，《音樂生活》，（2005年第10期），頁36-38。

袁華智、唐宏，〈老作家冰心的海軍緣〉，《炎黃春秋》，（1995年第3期），頁53-55。

高其榮，〈論大躍進「浮誇風」的表現形式和基本特點〉，《雲夢學刊》，（2002年第2期），頁43-45。

常家樹，〈國歌史話〉，《同舟共進》，（2018年第12期），頁78-81。

盛英，〈冰心：一個大寫的女人──在全國冰心文學系列講座上的演講（摘錄）〉，《揚州大學學報》，（2008年7月），頁92-98。

彭禮賢，〈評1958年大躍進民歌〉，《吉安師專學報（哲學社會科學版）》，（1999年第3期），頁48-54。

趙俊賢，〈大躍進時期文學史論略〉，《西北大學學報》（哲學社會科學版），（2001年第2期），頁82-88。

劉麗、張日昇，〈祖孫關係及其功能研究綜述〉，《心裡科學》，（2003年第26卷第3期），頁504-507。

魯振祥，〈共和國史上「大躍進」一詞的應用與演變〉，《中國經濟史研究》，（2004年第1期），頁152-158。

簡才永、植鳳英，〈親子關係對成年初期祖孫關係的影響〉，《六盤水師範學院學報》，（2017年第1期），頁52-56。

簡玉祥，〈民國時期司法視野下童養媳問題研究〉，《鄭州師範教育》，（2017年1第6卷第1期），頁75-82。

六、學位論文

何佳樺，〈冰心小說研究〉，東海大學中國文學系碩士論文，2002年。

杜弘毅，〈五四時期女作家——蘇雪林與冰心散文主題研究〉，嘉義大學中國文學系碩士論文，2015年。

林巧茹，〈冰心文學基督教特色之研究〉，中原大學宗教研究所碩士論文，2004年。

范嘉倩，〈冰心、凌淑華小說比較研究〉，臺北市立教育大學碩士論文，2008年。

陳瑞雲，〈冰心小詩研究〉，玄奘大學中國語文學系碩士論文，2013年。

黃薇靜，〈冰心散文研究〉，銘傳大學應用中國文學系碩士論文，2007年。

潘佳玲，〈冰心《寄小讀者》系列之研究〉，高雄師範大學國文教學碩士論文，2010年。

蕭雪婷，〈冰心兒童書寫之研究〉，成功大學中國文學系碩士論文，2012年。

賴惠瑛，〈冰心散文中「愛」的書寫研究〉，嘉義大學中國文學系碩士論文，2014年。

沈麗瑛，〈冰心、羅蕙錫、宮本百合子文學的女性意識比較研究〉，中央民
族大學博士論文，2013年。

七、學術網站

〈中文電子期刊服務〉http://ceps.com.tw/ec/echome.aspx

國家圖書館出版品預行編目

冰心文學「自我敘事」研究 / 吳雪鈴著. -- 臺北
市：致出版, 2023.12
　　面；　　公分
　　冰心本名謝婉瑩
　　ISBN 978-986-5573-76-8(平裝)

1.CST: 謝婉瑩 2.CST: 中國文學
3.CST: 敘事文學 4.CST: 文學評論

848.7　　　　　　　　　　　112020545

冰心文學「自我敘事」研究

作　　者／吳雪鈴
出版策劃／致出版
製作銷售／秀威資訊科技股份有限公司
　　　　　114 台北市內湖區瑞光路76巷69號2樓
　　　　　電話：+886-2-2796-3638
　　　　　傳真：+886-2-2796-1377
網路訂購／秀威書店：https://store.showwe.tw
　　　　　博客來網路書店：https://www.books.com.tw
　　　　　三民網路書店：https://www.m.sanmin.com.tw
　　　　　讀冊生活：https://www.taaze.tw

出版日期／2023年12月　　定價／360元

致 出 版　　　　　　　　　向出版者致敬